美丽乡村助读书系

乡村助读，让中国的乡村从风景到精神愈加美丽。

麦田阳光

美丽乡村助读书系

乡村助读，让中国的乡村从风景到精神愈加美丽。

奔跑的冬不拉

BENPAO DE DONGBULA

高洪波 顾问 陈彦玲 主编

天野 著

山西出版传媒集团 山西教育出版社

图书在版编目（CIP）数据

奔跑的冬不拉 / 天野著. -- 太原 ：山西教育出版社，2024. 11. -- ISBN 978-7-5703-4233-4

Ⅰ. I247.7

中国国家版本馆 CIP 数据核字第 2024NQ5059 号

奔跑的冬不拉

BENPAO DE DONGBULA

选题策划　李梦燕
责任编辑　许亚星
复　　审　霍　彪
终　　审　康　健
装帧设计　王春声　薛　菲
印装监制　蔡　洁

出版发行　山西出版传媒集团 · 山西教育出版社
（太原市水西门街馒头巷 7 号　电话：0351-4729801　邮编：030002）
印　　装　山西基因包装印刷科技股份有限公司

开　　本　890 mm×1240 mm　1/32
印　　张　5.75
字　　数　88 千字
版　　次　2024 年 11 月第 1 版　2024 年 11 月山西第 1 次印刷
书　　号　ISBN 978-7-5703-4233-4
定　　价　36.00 元

根植乡野，眺望远方（代序）

李东华

把“美丽乡村助读书系”做成精品，为新时代新乡村新少年的成长助力，这个美好心愿，把出版者、策划人、作家、编辑聚集在一起，大家郑重其事地播下种子，然后怀着庄重而又快乐的心情，等待所有努力慢慢发芽。

我曾经有幸数次参加“我的书屋我的梦”乡村少年儿童阅读实践活动征文的评审工作，印象最深的就是2019年。面对从海量征文中初选出的近千篇作品，我油然而生一种“一夜好风吹，新花一万枝”的惊艳感。按照评委会要求，终评委们需要优中选优，再从中挑出几十篇最终获奖文章，这可让我犯了选择困难症，因为每一篇都像枝头迎着东风初绽的花朵，各有各的姿态，各有各的鲜妍，共同构成了蓬勃的春天，哪一朵都可爱得叫人不忍心舍弃。

但我想，我的这种“纠结”是一种喜滋滋的纠结——让人一下子就能感觉到，无论大江南北，全国各地乡村的孩子们，并不是仅仅某一地因为水土适宜而长势良好，而是齐刷刷地在拔节成长。这算是从空间这个维度的横向比较。再沿着时间轴纵向来看，我们可以清晰地感受到这几年的征文质量一年比一年高。从这些或长或短的文章中可以看出，孩子们的阅读内容越来越丰富了，小说、童话、诗歌，科幻、军事、历史、天文、地理……不同体裁不同领域，不论古今中外，凡属人类留下的智慧结晶，都在他们尚属稚嫩却又充满好奇的目光之内，都留下了他们求知和探索的小小脚印。

我想，也正是因为阅读的广博，让他们不管是生长于哪片偏僻的乡野，都能够从浩瀚的书海中汲取无穷无尽的滋养，获得世界性的视野。你能够从字里行间捕捉到一种“初生牛犊不怕虎”的淋漓元气，一种与周围世界、与他人、与自我对话时落落大方的自信表情，一种对祖国、对人类、对万事万物的真挚的爱。而这一切的呈现，又依赖于他们对于语言文字的日渐流畅的、自如的运用。

俗话说“熟读唐诗三百首，不会写诗也会吟”，阅读对于一个人写作能力的反哺，是这些征文给予我的第一个鲜明印象。

那些已初步呈现出汉语言之美的遣词造句，那些灵动的、智慧的表达，那些对于生活细节的敏锐、精准的描摹，那些既充满孩子气又闪耀着思想光芒的惊人之语，都无不让人生发“后生可畏”的赞叹。

所以说，尽管摆在眼前的是一篇篇无言的征文，却分明让人看到了征文背后所站立的那一个个活泼泼的、天真烂漫的孩子，看到了新时代乡村少年儿童因阅读的积累而敢于讲述的不一样的“中国故事”。

对于孩子和国家、民族的关系，已经有很多精辟的认识和论述。“孩子是祖国的花朵”，“孩子是民族的未来”，“少年强则中国强”。然而，如果希望孩子们能撑起国家的明天，他们首先要撑起自己的明天，而阅读则是他们撬动未来命运的支点。“忠厚传家久，诗书继世长”，这是在中国乡间最常见的对联，一代又一代的人家将它贴在大门上，可见在我们民族的潜意识中，书籍和人品是支撑一个国、一个家千秋万代延续下去的两根最坚实的立柱。将这样的对联贴在家门上，贴在最显眼的地方，就是在每时每刻提醒每一个人。我想这是一个有着五千年璀璨文明的民族最智慧的共识。而要把这一共识真正落到实处，最需要着力的地方就是乡村了。

相比于有父母督促而阅读环境更优越的都市孩子来说，乡村孩子的阅读可能更需要政府、社会的引领，尤其是数千万父母不在身边的留守儿童，阅读既是他们获取知识的有效途径，更是滋养他们心灵的精神引领。

我常常想，一个人需要有自己的书柜，一个家庭需要有自己的书房，一个城市需要有自己的公共图书馆，那么一个乡村，当然更需要有自己的书屋。

阅读“‘阳光麦田’美丽乡村助读书系”这套书，对孩子们来说，能够得到的是思想和精神上潜移默化的熏陶和滋养。而持续地写作、出版一些适合乡村孩子阅读的好书，让这些书在助力乡村少年儿童阅读方面发挥作用，无疑是功在当代、利在千秋的事业——我们不妨来个小小的假设，全国有六十多万个乡村，假设每个乡村书屋中的书籍，能够像投入湖心的石子，哪怕只在十个孩子的心中荡起涟漪，那么全国就会有六百多万个乡村孩子从阅读中受益。

美丽乡村既要实现生态意义上的“绿水青山”，也要构建精神层面的“绿水青山”，从这个意义上讲，用优质图书和阅读协助、帮助、辅助乡村阅读，繁荣乡村文化，是建设美丽乡村的有效路径。

面对这些适合乡村少年儿童阅读的文字，我似乎可以看到，未来的他们，因今天的阅读引领而描绘出自己的梦和憧憬。

这些梦，将根植于他们生活的山乡旷野，更将呼应着远方的星辰大海。

目录

月 亮 潭

题 记

雨来得快，去得也快。乌云又跑到另外的山岭去了。天空敞亮了，更清澈了。地上的草儿们，头顶雨珠，变成了呆萌可爱的大头娃娃，细细看来晶莹透亮，泛着银光。

广明不知道被什么东西绊了一下，摔倒了，膝盖隐隐作痛。

广明趴在草地上，背包甩了出去，突然听到了什么声音。他把耳朵贴在草地上，哒哒哒的声音。广明有点好奇，像是在哪里听到过，可一时又说不清楚。他忍着痛，翻身坐起来，卷起裤筒，膝盖蹭破了点皮，并无大碍。声音越来越近了，广明慢慢站起来，朝着草地那边走去。

远远看到一个红点从路南奔跑而来，越来越近。只见一匹枣红马上，端坐着一个男孩。显然，男孩也看到了广明。男孩手握缰绳，站在不远处，打量着广明。

广明第一次近距离看到活生生的马，盯着马的眼睛出神。

“你叫什么名字?”男孩问，把马鞭横在胸前。

“我叫广明，我想到水边去看看。爸爸跟同事去维修线路了。”

“我叫叶尔勒，从小在草原长大，再往前走是沼泽，很危险。”男孩说，“牛马陷进去，都上不来，人陷进去，没有出来的。”

广明一脸无辜，看着叶尔勒，身子不由哆嗦了两下。这样的事在电视里看过，听起来挺吓人。

叶尔勒说：“走，上马，带你去。”

广明没有骑过马，有些害怕。叶尔勒一眼就看出广明很紧张。叶尔勒让广明把脚踩在马镫上。广明反应快，手伸出去给叶尔勒时，左脚前掌已踩到马镫上了。马身子晃了一晃，叶尔勒往前伏了一下，广明坐在了叶尔勒的身后。

“坐稳，抱住我的腰。”叶尔勒手拽缰绳掉头时，侧脸向广明说了一句。

马身子热乎乎的，叶尔勒的后背也像小烤炉一样散发着热气。广明觉得浑身暖烘烘的。

广明告诉叶尔勒，他放暑假了，跟着维修线路的爸爸一起来的，一个人没意思，从营地出来随便走走。

“绕过这片沼泽，可以到水边。”叶尔勒说，“听奶奶讲这里叫月亮潭。运气好的人，晚上在水里可以看到十个月亮。”

广明有点纳闷了，不是说天上一个月亮，水里一个月亮吗？月亮潭怎么会有十个月亮？太神奇了。

马跑起来自带风。马儿腾空跃起，落地很有节奏，广明仿佛长出了翅膀，有种飞翔的感觉。他兴奋地问叶尔勒：“你是从什么时候开始骑马的？”

叶尔勒侧过脸来冲广明笑一下，露出一颗虎牙，广明顿时喜欢上了这个会骑马的男孩子。“你猜？”叶尔勒并没有说出具体的时间。广明想，他看起来与我年龄相仿，要说骑马至少也该上学后吧。这么算起来，应该六七岁学的骑马吧。广明正准备要说，马加速了，只听叶尔勒喊了一声：“抱紧我。”

广明从叶尔勒肩膀上方望过去，看到前面是一条渠沟，担心马过不去，牢牢抱住叶尔勒的腰。马立刻腾起前蹄飞起来，广明清晰地感到马心跳的节奏。不容他多想，马轻松跃过渠沟，落地的一瞬间，身轻如一片树叶。广明从未有过这种体验，血流得跟马跑得一样快。马速渐渐慢了下来，马蹄的哒哒声，也不那么急促了。叶尔勒说："快到了，准备下马。"

广明满脸兴奋，整个人还沉浸在飞翔中。

水面泛起清波，像是无数的孩子开心地向广明奔跑过来，闪亮的波纹是孩子纯真无邪的目光。广明欢喜地跑到水边，又往前走了几步，直到水没过鞋子，凉意一直上窜。

叶尔勒提醒广明，月亮潭的水是高山冰雪融化后，又汇集山泉水而成，冰凉刺骨，猛地踏入，腿脚会抽筋。广明只顾看脚下各色石子，没在意叶尔勒的话。

广明捡起一个红褐色的石子，侧身向水面投掷出去，石子在空中划出一道优美的弧线后，落在水面，出现了一层层银水圈。广明突然明白了，为什么说会在这里看到许多个月亮，因为每道水波里都有月亮的影子，水波越多，自然月亮就越多了。

“月亮潭，这名字好听，回去要告诉爸爸。”广明说着，脸上荡起波光粼粼的水波。

“去那边歇息一下。”叶尔勒说。叶尔勒下马后，把缰绳向身边一棵榆树枝甩过去，拴好马。叶尔勒敏捷地爬上了树，骑在树丫上，晃着双腿，笑眯眯地看着广明。

广明看傻了，没想到，叶尔勒不仅会骑马，爬树也这么利索。广明想想自己，放学回家，踢皮球，不小心踢到草坪上去了。小区物业大妈看见了，狠狠教训了他一顿。大妈生气地说：“你这个孩子，太不懂事了，草坪是你胡乱踩的吗？去，滚一边去。”

小区里草坪不能踩，树不能爬，花不能摘。有个篮球场，四周用铁栅栏围起来了，门也是锁着的。广明想找个玩耍的地方都找不到。

叶尔勒驰骋草原，轻松上树，无拘无束。城里哪有这样的地方。广明想着想着，愣在原地。

“你还没有回答问题呢？”叶尔勒回头看一眼广明说，广明有点不好意思，拨拉一下右耳说：“是六七岁学的吧。”

叶尔勒不急着接话，从树上滑下来，躺在草地上，双手交叉枕着脑袋，伸出左手小指、无名指和中指说："三岁骑马。"说完，拇指卷在手心，晃动一下，"四岁参加赛马比赛。现在，已经拿了十二次赛马冠军了。"叶尔勒语气里带着一种自豪和光荣。

广明崇敬的目光落在叶尔勒身上时，觉得眼前这个男孩不是一个普通的男孩，是草原上的奥特曼。

叶尔勒敏锐地捕捉到广明目光的含义，坐起身来，拉住广明的右手说："没什么好惊奇的，我不是萨尔曼草原同龄孩子中拿赛马冠军最多的人。我的目标是参加专业的赛马比赛，成为一名职业赛马骑手。"

广明望着眼前与自己年纪相仿的少年，心里有点惭愧，自己三四岁时在幼儿园，别说骑马了，都没有独立去过离家五百米的地方。如果说没有骑过一次马，也不对，记得妈妈带自己去游乐园，骑过几次旋转木马。真正的马，是小学三年级去动物园里看到的斑马。

广明好奇地拽着妈妈的衣角，不停地问："马身上为什么有黑色条纹?"广明清晰地记得，妈妈目光温和地看着自己，摸着他的头说："就是匹普通的马，穿了一件海军衫。"一旁的爸爸笑得前仰后合，说头一次听这么解释斑马的。广明从动物园回来，有了想去看大海的念头。

想到这里，广明看着叶尔勒说："你见过穿海军衫的马吗？就是白皮肤上有黑色条纹的马。"

"草原上的马，有枣红色、黑色、灰色、褐色、白色、青灰色、黄褐色等，可从没有见过，也没有听说过有黑条纹的马，听起来像个怪物。"叶尔勒扭头看一眼正在地上吃草的枣红马。

说起马，叶尔勒比广明知道得多。广明不再提斑马的事了。

广明想起背包里的饼干，拉开拉链，拿出一袋饼干递给叶尔勒说："奥利奥饼干。"

叶尔勒摇头说："吃过饭了，你吃吧。"

"你尝一下，夹心巧克力，草莓味，很好吃的。"广明说夹心巧克力时特意加重了语气。

叶尔勒接过饼干，没有马上打开，看广明撕开包装，把一块黑乎乎的饼干塞进嘴巴里，自己的嗓子动了一下，但没打算吃饼干。叶尔勒把饼干装进裤子口袋里。广明快速又掏出一袋饼干，撕开口，塞进叶尔勒的手里，说："尝一个，我们一起吃。"

叶尔勒说："不饿，留给妹妹吃。"

"你有妹妹，真好。我家只有我一个孩子，平时都是自己玩。"说着，广明又往嘴巴里塞进一块饼干，慢慢吃起来。他嘴巴在动，可脑袋没闲着。广明记得曾问过妈妈："我怎么一个兄弟都没有。"妈妈说："养你一个都费劲，要是有几个兄弟姊妹，哪能养得起，非得饿肚子了，更别说买玩具，吃汉堡炸鸡，上兴趣班了。"

广明在妈妈的安排下，报了围棋班、跆拳道班、钢琴班、主持人班、书法班，还不算学校的奥数学习班。这么多的班，广明一样也不喜欢，心里只想着去踢球、玩游戏。

叶尔勒也将饼干送进了嘴里，腮帮子鼓起来，咀嚼着，巧克力遇热融化，沾满牙齿，溢出的部分，粘在嘴角。

"吃了饼干心情会好很多。"广明看着叶尔勒说，"巧克力是让人愉快的食品。"

"草原上愉快的食物是包尔萨克配酥油奶茶。"叶尔勒咽下最后半块饼干说，"每天吃都吃不够。尤其是刚出油锅的包尔萨克，酥软得很。酥油是自家制作的，吃起来很放心。"

广明又摸出一袋饼干要给叶尔勒，叶尔勒摆手说："够了，留着你吃。”

突然，不远处的草丛中传来窸窸窣窣的声音。广明扭头循着声音望去，一只壮硕的棕熊，正带着一只棕熊仔觅食。它们吓到了广明。有那么几秒，广明脑中一片空白，像是一枚木楔子钉在地上，一动不动。

叶尔勒瞟了一眼说：“别怕，这里的动物，不管是棕熊、野猪、狼，还是狐狸，你不攻击它们，它们通常不会主动发起袭击，但猎杀动物们的往往是人。”

棕熊妈妈的小眼睛盯着灌木丛，注意力根本不在叶尔勒这个穿红T恤的人身上。棕熊妈妈穿过灌木，棕熊仔紧随其后，向另一处灌木丛慢悠悠而去。这一幕，看得广明傻了眼。他记得上幼儿园大班时，老师说棕熊是凶猛的动物，会袭击人，可现在亲眼所见的棕熊憨憨的，一点没有凶样。

“没什么稀罕的，山里动物多得很。地上跑的马、牛、羊、马鹿、狍子、野兔、狐狸、狼、山鸡等，天上飞的老鹰、花喜鹊、斑鸠、欧鸽、白灵鸟、伯劳、穗即鸟、田鹨、戴菊、山雀、麻雀等，它们跟我们一样，小的时候都是父母养大的。”叶尔勒说这些的时候，像个大人一样。

广明觉得叶尔勒见识太广了，知道这么多他不知道的事情，心里很佩服。

背包里只有一瓶矿泉水，广明拿出来先让给叶尔勒喝，叶尔勒说："不用，口渴了，喝口月亮潭的水就可以。"广明也不好意思喝了，塞进背包，手碰到了奥特曼，心里有点兴奋，拿出奥特曼六兄弟说："奥特曼是我最好的伙伴，它们陪我玩儿的时间最多了。"广明把奥特曼六兄弟摆在草地上，一一给叶尔勒讲每个奥特曼的名字。

六名成员分别为佐菲奥特曼、初代奥特曼、赛文奥特曼、杰克奥特曼、艾斯奥特曼和泰罗奥特曼。

广明告诉叶尔勒，奥特曼六兄弟在平时没有作战任务的时候，会穿上六兄弟专属的红色披风，这是六兄弟不同于其他成员的地方。此时，他成了首领，变化队形，排兵布阵。

叶尔勒随手拿起其中的一个奥特曼，好奇地看着。广明夸叶尔勒有眼力，一眼看中的就是奥特曼兄弟中的大哥佐菲奥特曼，是宇宙警备队队长，有二万五千岁了。

叶尔勒听到这儿，撇一下嘴巴，不以为然，把奥特曼放在草地上，指着月亮潭南边的山峰说："看到没，那座山，是化石山，山上有海螺、乌贼、牡蛎、蚌的化石，还有漂亮的珊瑚化石，都上亿年了。"

广明过去跟老师去过地质博物馆，看过古化石，都在玻璃展柜里，野外露天的化石没见过。他想，如果能亲自捡几个化石回去，在同学们面前亮一下，那该多牛！想到这儿，广明说："带我去捡化石吧?"

叶尔勒盘坐在草地上，望着宽阔的月亮潭说："从小爸爸就告诉我，草原上一切都属于自然，不能随便拿回家，看到右岸那棵枯死的云杉了吗？没有经过林业部门批准，谁都不能动。这里常有人巡山。"

广明左右看看，除了他、叶尔勒，再没有其他人。"这里就我们俩，你不说，没人知道的。"广明忽闪着眼睛说，挪动了一下身子，往叶尔勒身边靠了一下。

"山里有护林员，我爸爸也是。他们天天骑着马，在山里转，盗伐树木，私自狩猎，攫取野生珍稀植物、化石都会被举报的。"

叶尔勒说着，目光扫了一下广明的脸。广明眼皮低垂，没了刚才的兴奋劲儿。

“好了，别不开心了，不能带走化石，看看没问题。”叶尔勒向枣红马吹了一声口哨，枣红马朝着叶尔勒张望着，叶尔勒对着马说：“过来，我们走。”

“它能听懂你的话？”广明疑惑地问，眼睛却盯着枣红马。别说，枣红马摇着头，轻快地走了过来。广明觉得太不可思议了，马跟人属于不同的物种，怎么能听懂人的话呢？

叶尔勒牵着马，抚摸了两下马背说：“别说是马了，草原上的牛、羊、骆驼等都能听懂牧民的话。我从小到大，天天跟它们在一起，熟悉它们的生活习性。它们也熟悉了主人的声音，就跟父母养大我们一个道理。”

广明点点头。

自家楼上的张阿姨养了条泰迪，天天牵着绳子去遛弯。张阿姨出门说，宝贝跟妈妈散步去。广明觉得挺好玩，也想养条小狗。妈妈嫌麻烦，养狗跟养孩子一样费工夫，管吃，管喝，管洗澡，管理发，还要管打疫苗。

再次骑上马背，广明觉得轻松多了。叶尔勒扬起马鞭，不等鞭子落在马屁股上，枣红马就急速飞奔起来，又细又碎的马蹄声，回响在山谷。广明觉得这声音有种魔力，像是奥特曼出征的前奏曲。想到这里，广明心情激动，松开了抱着叶尔勒的双手，双手组成十字。

叶尔勒侧过脸喊一声："干什么呢？抓住我，危险。"

"我是奥特曼。"广明大声说。

"注意安全！"叶尔勒吼了一声。

草原上天气多变，刚才还是晴天，此刻，山那头的乌云翻着跟头跑过来，接着是电闪雷鸣，巨大的雷声震颤着地皮。广明觉得自己在跳跳床上，身子左右摇晃。

"下雨了，回吧？"广明有点担心起来，怯生生地说。

"几滴雨，没事的。"叶尔勒说着骑马行至浓密的松树林中。果然，树下雨小多了。叶尔勒打算等一会儿，雨停了再走。广明说："出来忘记给爸爸留纸条了，万一爸爸提前回到营地，没看到我，会焦急的。"

叶尔勒拍拍广明的肩膀说："放心，把你安全送回去。"

广明瞅着叶尔勒的脸庞，觉得他比自己有主意，也更坚强。

雨来得快，去得也快。乌云又跑到另外的山岭去了。天空敞亮了，更清澈了。地上的草儿们，头顶雨珠，变成了呆萌可爱的大头娃娃，细细看来晶莹透亮，泛着银光。广明舍不得踩上去，生怕碰落了那滴雨露。

“抓紧时间，快去快回。”叶尔勒说着，让广明坐在他前面，这样视线更好。叶尔勒叮嘱广明握紧马鞍扶手。

沿着月亮潭有条小路，没有车辙，定是人畜走踏出来的路。雨后，空气凉爽，人在马上，疾驶而过，凉意倍增，体感舒服。广明眼里有山又有水，原本安静的月亮潭，水面不断变化着颜色，绿色、青色、银白、宝蓝等交替出现。身在梦幻般的景色中，广明不敢大口呼吸，生怕喘息声惊扰到月亮潭。

“看，彩虹！”叶尔勒的声音从耳边掠过。广明不由惊呼起来：“天哪，第一次见这么大又漂亮，而且还完整的彩虹。”

“这没什么奇怪的，夏天草原上只要下雨，十有八九都能看到彩虹。运气好了，还能看到双彩虹，一大一小，叫母子彩虹。”叶尔勒说得很随意，广明听得却很认真。广明心想，草原真是神奇的地方，比城里的小区好多了。这里可以随意在草地上跑，怎么玩儿也没有人管，无拘无束，多开心！

广明正想着，叶尔勒说："到了。"

广明这次下马顺溜得很。叶尔勒将马拴在一棵碗口粗的松树上，拉着广明的手，朝青色的山垭走去。

"到大自然中去，到更广阔的世界去。"广明记得这是班主任老师在主题班会上说过的一句话。从小生活在高楼林立的城市里，如果不是寒暑假跟着爸爸妈妈去四川或辽宁，到大自然中去是做不到的，去四川和辽宁也是有限的几次。广明去得最多的地方是人民公园。公园里到处都是人，唱戏的，跳舞的，打太极的，甩空竹的，打鞭子的，玩扑克的，跑步的……想休息一会儿，都找不到地方。广明不愿意去公园，宁可待在家里跟奥特曼玩儿。

走着走着就到了化石山前。叶尔勒指着山体上的岩石说："考你眼力的时间到了，找一下，认识几种动物？"

广明踮着脚，抚摸着褶皱的山体，很快就找到了海螺、蚌的化石。很难想象，过了上亿年，海螺和蚌完好地保留了下来。准确地说，外壳是完整的。这些是生活在大海里的生物，它们的同类，还生活在大海里。不用说，过去这里是汪洋大海。广明觉得化石太神奇了，按捺不住激动的心情，继续顺着陡峭的山体往上爬。叶尔勒制止了广明。

“我还没找到珊瑚，没找到牡蛎呢。”广明有点不甘心地说，朝着叶尔勒站的方向瞥一眼。

“化石山大得很，绵延几十公里，看一看就可以了，等下次来再找。”叶尔勒看了一眼天空说，“不早了，要回家帮着看牛羊。”

广明不好意思了，牧区的孩子都要放牧，不比自己，除了学习，就是玩儿。家务是爸爸妈妈在干，顶多把自己的物品整理好。

返回时，广明脑袋里波涛翻滚，七七八八想了许多过去没想过的事，不等想清楚，就到了营地。

营地门前停着两辆黄色皮卡车，广明知道爸爸回来了。广明给黄色的皮卡起了个好听的名字：小黄蜂。

爸爸也看到了广明和叶尔勒，不等爸爸开口，广明主动交代自己跑出去玩儿，遇到叶尔勒的过程。

广明的爸爸谢了叶尔勒。

晚饭是方便面、火腿肠加榨菜。广明平日喜欢吃方便面，可今晚一点也不想吃了。广明的爸爸跟三个同事打牌，让广明写暑假作业。

广明打开作业本，一个字也看不进去，越看越困，不知不觉睡着了。

广明去了月亮潭，这次是他叫叶尔勒一起去的。广明问叶尔勒："会不会游泳。"叶尔勒说："爸爸妈妈不让下水。"广明有点开心了，三年级暑假时妈妈给他报了游泳班，为期两周。当时妈妈也报名了。结果，广明学会了，妈妈连换气都没有学会。广明讲这件事的时候，眼角眉梢都飞起来了，高兴劲儿藏都藏不住。

广明和叶尔勒坐在月亮潭边一块布满绿点的石头上。广明给叶尔勒讲奥特曼六兄弟的故事，叶尔勒听完说："和看电视相比，我更喜欢骑马去草原深处，去山楂岭，去呼尔河，去克澜湾，来月亮潭，去苹果谷，去克拉镇……"萨尔曼草原有一百多条沟，至今也没有走完。

"看，月亮出来了。"广明第一次在野外的水域看月亮。叶尔勒随手捡起一块拳头大的石头，上前半步，侧身挥起右手臂，猛地向水中投掷出去。一朵水花绽放开来，一圈一圈水波，慢慢荡漾着。

“一个月亮，两个月亮，三个月亮，四个月亮……”广明认真地数着。

“不用数，有几道圈，就有几个月亮。”叶尔勒说着，向月亮潭走去。

“你干什么？”广明问。水已经没过叶尔勒的脚踝。广明记得叶尔勒不会游泳，怎么敢往水里去。广明紧跟在后面，想拉住叶尔勒的胳膊，可叶尔勒没听广明的话，继续往前走。

“站住，危险！”广明大喊一声。

“广明、广明，怎么了？”广明的爸爸摸着广明的额头，呼喊广明。广明迷迷瞪瞪睁开眼睛，爸爸蹲在床边。

“我梦到叶尔勒，他不会游泳，不听劝，走进月亮潭里了。”广明边说边坐起身来。

“爸爸，我们可以在这儿多待几天吗？”广明问。

“早餐后，我们就返回了。”爸爸说，“再睡一会儿，一会儿叫你。”

广明躺下后，再也没有睡着。他想叶尔勒在干什么。广明要回去了，有点舍不得这里，也有点舍不得叶尔勒，脑子里回放着白天经历的事。

“爸爸，我想给叶尔勒送个礼物。”广明看着收拾东西的父亲说。

“当然可以，路过时，让司机停一下车，你去送。”广明的爸爸很爽快。

广明想好了，叶尔勒获得过十二次赛马冠军，是勇敢、有胆量的男子汉，送给他奥特曼六兄弟，让他像奥特曼一样勇往直前。

叶尔勒是努胡塔尔的孩子。广明的爸爸知道，他家就在路边。车子停稳后，广明迫不及待地跳下了车。

木栅栏门敞着，一位脸颊黑红的男人提着水桶走出来，广明的爸爸上前跟男人握手，把广明的心意说给了男人。

“早上七点多，他就赶着羊群上山了。”叶尔勒的爸爸说，“回来也到中午了。”

广明听了，有点失望，慢吞吞地从背包里掏出奥特曼六兄弟，放在叶尔勒爸爸手里。

叶尔勒爸爸说：“以后来玩儿，你跟我们的娃娃一样嘛。”

车子启动了，广明一直扒在车窗上看后视镜，心想，叶尔勒万一出现在路上，会第一时间发现，那样可以当面邀请叶尔勒来家里玩儿。

直到车子驶入了国道，也没有看到叶尔勒的影子。广明低着头，眼睛酸涩，眼泪掉在手背上。广明没擦，任由泪珠自由地滑落下去。

追星星的孩子

题记

一入夜，整个草原都暗下来。叶尔勒爬到屋顶，这里无遮无拦。叶尔勒躺在屋顶，睁大眼睛盯着星空。一扫而过的彗星，那长长的尾巴像家里的大扫把。

叶尔勒给苏鲁描述星星时，眸子里装满兴奋，两只手还比画着。苏鲁专注地看着叶尔勒的眼睛和手势。

原本，叶尔勒不是追星星的人。叶尔勒是整条巷子里年纪较小的一个。可他偏偏有种天然的号召力，比他大好几岁的伙伴都跟着他玩儿，比如玩打仗、玩捉迷藏、比赛爬山、踢皮球等。十有八九，他是胜利的一方。如果获胜了，会寻求更刺激的冒险。

叶尔勒的生活就在这样的循环里。

叶尔勒带着五六个年龄相差五六岁的人，结伴去看大海。几个人简单说了几句就出发了。

平日里，有叶尔勒在，巷子里的感觉如伏天，家家都能感受到热腾腾的跑步声，一浪高过一浪的笑声。牧民们习惯了这样的氛围，没有哪家人觉得闹。不时也有女人或者老人，拿着板凳坐在院门口，看着他们玩耍。

叶尔勒带几个伙伴去看海，这事家里人都不知道。晚饭时，一家一户都站在院门口，喊一嗓子："吃饭了。"这句话是军令。一个人听到后，其他人都知道要回家。

可这天吃饭的时候，好几家人都没等到回来吃饭的孩子。有人找到叶尔勒家，叶尔勒的妈妈说，没见人回来，正要出门找呢！

一个没回来，两个没回来。一下子，邻居们都紧张起来。一时间，巷子里好几家人都围住了叶尔勒的家人。大家什么话也不说，心里都清楚，往常自家孩子都是跟着叶尔勒的。叶尔勒不在，那几个人也不在。接下来该怎么办？

大家都不清楚叶尔勒的年纪，说出来，吓人一跳。叶尔勒不过是个六岁的孩子，是幼儿园大班的学生。听起来是学生，可跟学校里的学生是两回事。

叶尔勒的爸爸十分着急，当即就给村委会的人打电话，说了叶尔勒的事。电话那头倒没有惊慌的语气，只说，别急，出不了地球，等消息。

几家人都守在叶尔勒家里，焦急地等待着不知什么时候才能到来的消息。叶尔勒的爸爸，挨个递了烟，招呼叶尔勒的妈妈，给守着的人煮奶茶，又端来刚出炉的热乎乎的馕。

一支烟的工夫，叶尔勒爸爸的手机响了。村委会的人说，在去车站的路上找到几个孩子了，村委会的车一会儿送回来。几家人的心安稳下来，喝茶的喝茶，吸烟的吸烟，像没有这档子事，几个人闲着唠嗑拉话。

一阵喇叭声，响亮刺耳。几个人都跑出去了。叶尔勒最先从车里跳下来，一脸不开心。显然，村委会的人已经和他们说了什么，他们也自知事情的严重。

邻居们领着自家的孩子回去了。

叶尔勒板着脸，不吃妈妈端过来的饭，也不看爸爸。他做好了挨揍的准备。之前，叶尔勒将幼儿园里的踢脚线撬起来，拿着木条满教室追着同学打后，回来“吃了”爸爸一顿“皮带面”。幸好，这次只挨了两下。妈妈夺走爸爸手里的皮带说：“要打他，先打我。”护犊子，母亲的天性。爸爸气得一跺脚，出了门。

叶尔勒和妈妈都知道爸爸不会走的，他不过是在气头上，过不了多久就会好的。

叶尔勒的姐姐玛依拉在福建漳州读高中，暑假回家。当得知叶尔勒想去看外面的世界时，觉得这是好事。草原上的孩子对外面的世界了解太少，虽然有了电视，可无法出去体验，还是不能满足叶尔勒的好奇。

星期六，爸爸对玛依拉说：“今天你带叶尔勒去科技馆看看，让弟弟长长见识。我要不是晕车，早想带他去城里转一转。这孩子太淘气，整天打打闹闹，再惹出什么乱子，我真想拿绳子把他捆在院子的大树上，哪里都别去。”

玛依拉笑了笑，提着水桶去河里提水。她知道爸爸话说得比石头还硬，心却跟发面一样软。

科技馆很大，玛依拉再三叮嘱叶尔勒，不能乱跑，这里人多，走丢可就麻烦了。叶尔勒嘴里“嗯嗯”答应着。进了科技馆，叶尔勒一点也没有陌生的感觉。他像一匹脱缰的小马驹，东一头西一头地乱窜。不到十分钟，玛依拉就不知道他跑到哪里去了。

在天文馆，七八个人在大型望远镜前排队。叶尔勒过去问排队的女孩，这里能看到什么东西。这个胖乎乎的女孩说：“银河系、太阳系以及更多的星星。”叶尔勒对这些似懂非懂。玛依拉曾给叶尔勒简单讲过星河，但关于星河更多的知识，她说等长大了就明白了。叶尔勒不清楚，姐姐所说的长大了，到底是多大，也不愿意多想。他排在队伍后面。

还有一个人就轮到叶尔勒时，突然听到玛依拉呼喊他的声音。他没挪动步子，大声回应了一声。玛依拉顺着声音寻过来，站在叶尔勒旁边，一脸不高兴，但这是公共场所，左右都是人，也不好说他，便伸手拉住他的右手使劲捏了两下。叶尔勒猛地抽出手，甩了出去，差点打着前面的人。玛依拉紧盯着叶尔勒的眼睛，吓得叶尔勒扭过头去。

大型望远镜有一人多高，叶尔勒站在地上是看不到的，旁边也没有供孩子踩的凳子，玛依拉双手抱起叶尔勒。叶尔勒双手握住望远镜，眼睛贴上去，只听他说："呀，太好看了！"

"看到了什么？"玛依拉问。叶尔勒说："数不尽的星星，个个都亮得很！"

"快点，后面还有人呢。"一个胖女人斜睨着眼睛说。

叶尔勒没有离开的意思，身子一动不动。玛依拉站不住了。这是公共设施，大家都有权利使用，不是给哪个人专门架设的。

"对不起，稍等。孩子头一次看，稀奇得很！"玛依拉说。

"谁不是头一次看？都稍等一会儿，关门也轮不上！"胖女人语气不好了。

玛依拉将叶尔勒从望远镜前抱着放到地下。叶尔勒不干了，扯着玛依拉的衣角非要再排队看一次。

可后面已经排了几十号人，等轮到他们，真是要下班了。玛依拉说："你如果真喜欢看星星，过几年，我工作挣了钱，给你买一架望远镜回来。"

"真的？"叶尔勒不敢相信自己的耳朵，盯着玛依拉的眼睛，想再次确认。

"说话算话！"玛依拉说。

大概是半个月后，叶尔勒家的院子里，爸爸架起了买回来的望远镜，在望远镜前放了一个木凳，叶尔勒爬上去，站起来，刚好能看到观察孔。

原来，玛依拉回家把叶尔勒想买望远镜的事情告诉了爸爸。爸爸说："要是他喜欢，我卖牛卖羊也给他买。我们小的时候，没有人给我们说望远镜的事，啥都不知道。话又说回来，那时候，也没有这个条件，太困难了。"

叶尔勒的爸爸买望远镜的事情在草原上比举办一次赛马比赛的消息跑得还快。

叶尔勒再也不去巷子里打闹了，只要从幼儿园回来就趴在望远镜前看，一边看着，一边还自言自语。

往日的伙伴好奇地问叶尔勒："在干吗？"叶尔勒神气地说："在追星星，数星星呢。"

叶尔勒不小气，让伙伴们都看了望远镜，但他们新鲜劲儿一过，就不再来了。叶尔勒却从此迷恋上了星星。

草原上老老少少的人都来了，将叶尔勒家的院子塞得满满的。大人们也好奇，原来星星白天也在，颠覆了他们过去认为星星白天回家的想法。孩子们更是疑惑，都是星星，为什么有的亮，有的不那么亮；有的快速跑，有的慢悠悠不动……各种问题都来了。叶尔勒说："我姐姐说了，这就是天空的秘密，科学家才能揭开。"

叶尔勒不光看，还在图画本上将看到的星星们画出来。虽然他笔法笨拙，可大致轮廓还是有的。

这下爸爸高兴了，这新奇的家伙拴住了叶尔勒，叶尔勒再没惹过事。

新奇劲头好比流星，一个月后，叶尔勒不满足现在的望远镜，觉得清晰度不够，希望爸爸再换一台。爸爸有点犹豫，怕痴迷上后，影响学习。妈妈却全力支持，不等丈夫表态，就说："这次带着你一起去北京买。"

叶尔勒高兴得蹦起来，搂住妈妈的脖子说："你是天下最好的妈妈。"

迷上星星后，叶尔勒成了学校三年级的明星学生，参加了几次学校的比赛，成绩都名列前茅。一次班会上，老师问同学们："长大后想干什么？"轮到叶尔勒发言时，他说："坐飞船，去太空追星星。"满教室都是笑声，笑声里也有嘲笑和质疑。老师说：

“有梦想就有可能，将来咱们国家航天技术发展了，在太空中建立了航天中心，到太空追星星完全是有可能的。”

为了这个梦想，叶尔勒在卧室床头贴了张纸条：中国航空航天大学。

爸爸看见纸条后，心里十分高兴，觉得儿子比自己目标远大，将来一定比自己强。

等小学毕业，爸爸准备带叶尔勒去南京紫金山天文台看看。叶尔勒听了自然高兴，天天盼着那一天快快到来。

一天，写作业的时候，叶尔勒觉得眼睛痛，偶尔看字出现重影。妈妈带他去医院眼科检查，结果却吓得妈妈顿时像雕塑似的，一动不动。叶尔勒觉出异样，妈妈从来没这样过，便抓住妈妈的胳膊晃了几下。此时，妈妈回过神来，脸上却挂着两行泪水。

回家的路上，叶尔勒不说话，妈妈也不说话。

爸爸下班回家，感到家里的气氛有点沉闷——妻子躺在卧室，叶尔勒窝在客厅的沙发上。

爸爸进了卧室，关上门。

叶尔勒扫一眼卧室的门，听不清里面说什么，妈妈的哭声像手雷炸响在屋里。叶尔勒一惊，感觉到一丝不祥。

医院检查结果是叶尔勒的眼睛必须手术，但手术有风险，一旦失败，叶尔勒将在一个黑暗的世界度过余生。这样的结果不要说对叶尔勒的妈妈，即便是对叶尔勒的爸爸这个男子汉，打击也是致命的。叶尔勒是爱追星星的孩子，如果没有了眼睛，怎么去追星星呢。

来的总归要来。

妈妈瘦了三圈，面容老了不止十岁，连声音都苍老了。

一家人商量后还是决定手术。幸运的是手术很顺利，一家人都很开心。

康复后的叶尔勒念念不忘星星们。

"星星是我种下的，不许你说它的坏话。"叶尔勒握着拐杖，气恼地冲面前的苏鲁和木拉力说。

苏鲁和木拉力相视一笑，不约而同地把目光集中在叶尔勒身上说："天上的星星有大有小，有明有暗，既是你种的，就该一般亮，一样大才对。""你没看，草原上的草，春天钻出地时，看着一样，过段时间再看，也不见得都一般高，一般大。这叫差异，懂吗？如果不懂，别在这里逞能。”叶尔勒没有退缩的意思，两眼直视他们。显然，叶尔勒的话让他们哑了，一时不知道如何反驳。

苏鲁和木拉力自觉无趣，扭头朝山楂岭跑去。

叶尔勒是在一次梦境中种下的星星。叶尔勒告诉爷爷时，爷爷靠在向阳的墙根处，捋着白色的山羊胡子，只是笑。

记得，去年夏天，爷爷骑马带着叶尔勒去山里找羊肚菌。晚上住在山里一间羊圈里。那晚，不见月亮，满天的星星。叶尔勒不想睡觉。爷爷席地而坐靠在一棵松树旁，掰开一块馕，慢悠悠吃着。叶尔勒问爷爷：“星星为什么掉不下来？”爷爷说：“星星离我们很远，远得人几辈子都跑不到。”

叶尔勒不信爷爷的话，心想，星星离我们不远，就挂在山边。叶尔勒自己一个人顺着山坡上的小路，跑着去追星星。

此时，叶尔勒心里只想着星星，没有一丝胆怯。

夜风清凉，爷爷睡着了。叶尔勒一路小跑，生怕赶天亮时追不到星星了。

下坡，上坡。再下坡，再上坡。叶尔勒不知道前面还有多少个坡，但叶尔勒想，顺着一个方向，就能到达星星所在的地方。

突然，小路左前方燃起一团火，火苗像个醉汉，左右摇晃。叶尔勒站住，不知如何是好。火苗移动几下，叶尔勒本能地后退两步。火苗向叶尔勒追来，他的心猛地收紧，双腿发软，“哇”地哭出了声。叶尔勒使出全身力气，歇斯底里地哭着，哭声在宽阔的山谷里回荡。叶尔勒从没有这么哭过，哭成了叶尔勒此时唯一的武器。

叶尔勒气恼这奇异的火团拦住他的去路，但他没想着返回。

泪珠滑入嘴里，咸咸的。叶尔勒用右手抹去脸上的泪珠。再次睁开眼睛时，跳动的火焰不知是被他吓跑了，还是它自己跑累了，消失得无影无踪了。

叶尔勒长出一口气，身子轻了，也有劲儿了。还好，星星还在原位。叶尔勒俯身顺手捡起一块土疙瘩，捏在手里，心想若再遇到拦路的东西，就用土疙瘩打它。此时，叶尔勒的勇气不减反增，步子迈得更大了。风，凉丝丝的，轻柔绵长。

意想不到的是，叶尔勒刚走出去二三百米，就掉进了一个废弃的狩猎穴中。叶尔勒已经记不清自己是怎么掉进去的。他只觉身体失重，风一样飘落。等叶尔勒醒来时，发现自己在一间白色的屋子里，床沿坐着爷爷。

叶尔勒见到爷爷，心里一阵发酸，眼泪涌了出来。叶尔勒没追到星星，心情十分沮丧。爷爷明白叶尔勒的心思，从口袋里摸出两块糖塞给他。

后来才得知，叶尔勒擅自跑去追星星，把爷爷吓坏了。爷爷突然醒来，不见叶尔勒，四处呼喊，不见回应，赶忙骑马寻找，呼唤声惊到了草原上的牧民，十几个牧民都加入寻找的队伍中，其中一个人发现了叶尔勒的帽子，才找到叶尔勒。

令人庆幸的是，叶尔勒只是膝盖蹭破了点皮。

叶尔勒渴望知道星星的秘密。玛依拉买了本《十万个为什么》送给了叶尔勒，可叶尔勒才上三年级，读起来有点困难。玛依拉说："等放假我给你讲吧。"叶尔勒说："那要一口气讲完。"

玛依拉说："饭是一口一口吃，书也要一页一页读。"叶尔勒从《十万个为什么》里知道了星星的分类和明暗等基本常识。可叶尔勒高兴不起来。叶尔勒知道他是追不上星星的。银河是一个浩大无边的世界，也是一个陌生神秘的世界。这种绝望让他不想吃饭，尽管妈妈做了他爱吃的抓饭，可他还是一脸不开心。

一入夜，整个草原都暗下来。叶尔勒爬到屋顶，这里无遮无拦。叶尔勒躺在屋顶，睁大眼睛盯着星空。一扫而过的彗星，那长长的尾巴像家里的大扫把。比其他星星都亮的是恒星，它们有的比太阳、地球都大，只是离地球遥远。诸如此类的天文常识，常常让叶尔勒陷入新的疑问。

为了让叶尔勒开心，爸爸买了台液晶电视。过去是台式电视，接收信号不稳定，接收的频道也有限，换了新电视，清晰度大大提高了。安装好后，爸爸把遥控器塞进叶尔勒的手里说："有动画片，自己找。"

叶尔勒并没有马上接遥控器，他看了一眼爸爸，噘着嘴，跑出屋子。

叶尔勒本以为天上的星星是数也数不清的，可书里说，在地球上，人肉眼能看到的星星有六千多颗。平日里可以看到的数量是它的一半，因为人不是在南半球，就是在北半球。叶尔勒心里一直在想，为什么自己数的时候，就数也数不清呢？

苏鲁和木拉力又来找叶尔勒玩儿。

叶尔勒家的院子有一个篮球场那么大，头顶的夜空比院子大。

星星就在头顶。三个人，说起新修的山路，又说起修缮后的大桥……说着说着，叶尔勒就说到了星星，木拉力说起了星座。

叶尔勒听着好奇：“走，到巷子里去，到村中的路上去。”

通往村外的柏油路旁，安装了太阳能路灯，将三个人的影子拉长，像三个巨人，手臂伸向夜空，一副摘星星的样子。

三个人沿着山路边走边聊星星。哪颗是启明星，哪颗是北斗星，织女座在哪里，天狼座在哪里……

苏鲁说：“待天色再暗一些，肉眼看到的星星会更多。”木拉力说：“我给你们找北斗七星，指给你们看。”

一时间，三个人把颈和头以及极为信赖的一双眼睛交给了星星们。在北半球夏日的夜晚，只要没有云彩遮蔽，北斗七星是很好辨认的，它们是夜空标志性的风景。这好比在人群里找你想找的人，要找到他，得知道他是什么样子。

山羊座的羊头与金牛座的牛头怎么区别，摩羯座与天蝎座有什么不同，北斗七星的勺子在哪里……听木拉力说，叶尔勒才知道天上居然有把勺子，难道星星们跟我们一样有一日三餐？也许是，不然要银河干吗？原来，天上跟地上是一样的。有了这样的想法，就不觉得星星有什么神秘。它们不过是夜空里的一员。

“找到了，快看。是，是它，是它们。”木拉力指向天空，一脸兴奋。叶尔勒顺着木拉力的手指看过去，却什么也找不到。苏鲁“咯咯”笑起来。叶尔勒说：“难道你找到了吗？”苏鲁说：“我不打算找，找到很重要吗？反正星星就是星星，人就是人，星星成不了人，人也成不了星星。”

叶尔勒眼睛瞪得老大，不明白苏鲁为什么说这样的话，一起出来，不就是为了追星星吗？

“知道吗？星座是会说话的。”木拉力转身看了一眼叶尔勒。苏鲁说：“那你说说，现在星座说什么呢？”叶尔勒跟着说：“对呀，我怎么没有听到？”

“同类之间才懂的。不过，我们想听懂它们的话，那需要观察——不，不完全，还要看它们愿不愿意说话给我们听。”木拉力说着，仰望着星空。

叶尔勒糊涂了。

这天晚上，叶尔勒失眠了。他一直想，到底怎么样才能听懂星星的话，听懂星座的话。他一晚上不停地翻身，隔壁的妈妈以为叶尔勒身体不舒服了，披着外衣走进他的房间，伸手摸了一下他的额头，体温正常，没有发烧的迹象。妈妈问他："是不是有什么事？这么晚了，还不睡觉。"

叶尔勒坐起来说了晚上去找星星的事。妈妈说："乖孩子，好好上学，将来考上大学，专门去研究星星，那时候就懂了。"

那天晚上，叶尔勒梦见自己变成了一颗星星，不是最亮的那颗，但比身边的星星似乎亮那么一点。他很开心，希望妈妈、爸爸、爷爷，还有姐姐晚上能看到他，最好能喊一下他的名字：叶尔勒。

珍　珠　溪

题记

叶尔勒看到不远处有块桌面大的青石，小跑过去，拍了拍，似乎见了好朋友，用这种方式问候一下。叶尔勒坐在巨石上，伸展双腿，双手支撑在身后。阳光晒得皮肤和石头温热……

叶尔勒要去珍珠溪，那里的水是草原上最甘甜的水，他想去喝一口。他不能一个人喝，要带上橙汁瓶子，灌满带回来，让爷爷、妈妈、爸爸都尝一下。这都不是最重要的，重要的是听说珍珠溪里可以找到珍珠。这就值得跑一趟了。免不了会有危险和困难，可他并没有想放弃。

一个人去没意思。

叶尔勒叫上了木拉力。木拉力比叶尔勒高半头，身形高大。木拉力说他长大想当摔跤手，可在学校里跟同学们一起玩摔跤，没赢过几次。其他同学都嘲笑木拉力，叶尔勒却从来没有。木拉力喜欢跟叶尔勒在一起玩儿。

叶尔勒出门的时候，特意拿上了院子里老榆树旁立着的拐杖。在叶尔勒眼里，这是一根神奇的拐杖。他从不让其他人碰它。妈妈说："这样的树枝，到处都是，就你当宝贝似的。"叶尔勒说："妈妈不能给我扔掉，不然我就不回家了，到大山里去，跟山里的棕熊和山鹰生活在一起。"

木拉力已在路边等叶尔勒。这时候，迪娜远远地跑过来了，额头的头发欢快地飞起来，亮出她明晃晃的脑门。

"嘿，你们干什么去？"迪娜问，从语气里不难听出，她想一起去。迪娜的目光从叶尔勒脸上扫过，又挪移到木拉力脸上。

"珍珠溪。"木拉力脱口而出，瞄了一眼叶尔勒。

"我也想去，带上我吧。"迪娜脚步靠向叶尔勒右边，脸涨得通红，等待回应。

“这是我们两个人的事，别掺和。”叶尔勒一脸认真地说，“走山路危险，再说，女生去了不方便。”

“珍珠溪是大自然的，不是你们的，干吗不让我去？”迪娜盯着叶尔勒问，脸色一下不好看了，“我又不让你们背着我去，我自己有脚。”

“那么远的地方，万一有什么事情，我们可担不起责任。”木拉力甩了两下胳膊，瞥一眼迪娜，“想去自己去。”

一辆黑色轿车飞驰而过，挟带着尘土迎面袭来，吹跑了叶尔勒的帽子。这是一顶红色的印有“志愿服务者”字样的帽子。叶尔勒慌忙去追帽子。

“亏我们还是同学呢！”迪娜有点生气了，质问的口气甩向叶尔勒。叶尔勒手里拿着帽子，在腿上拍打了几下，重新戴上帽子，左手的拐杖在鞋头戳了两下，像是跟自己的脚趾说话，让它过一会儿别偷懒，跑得快一点，防止迪娜跟着来。但沉默会让迪娜有更多的误解，必须明确告诉她不能去的理由。

“别生气，我们走山路，女生胆小，遇到狼、狐狸怎么办？”叶尔勒不看迪娜的脸，而看着木拉力，眉毛却不停地跳动。

“山里有狼，会吃人的，真要吃了你，我们家可赔不起。”木拉力一板一眼地说，“过去可发生过狼伤人的事情，真遇到了，我们是自保，还是保护你?”木拉力的眼睛盯着迪娜红红的脸庞。

草原太大了，别说狼、棕熊、狐狸了，胆小的人，一条草蛇也能吓个半死。不光是来自动物们的危险，山路经过悬崖，遇到山体滑坡，连个完整的身子都找不见。这些都是大事情。叶尔勒的爸爸讲过许多类似的故事给他听。

没记错的话，应该是前年夏天，两个徒步的年轻人，跑去恐龙沟找动物化石，上山时，没想到会有高原反应，快到山顶了，女的出现呼吸困难。叶尔勒的爸爸巡山经过这里遇到了，赶紧将女人带到山下的一户牧民家里休息。

“谁要你们陪我了，找自己去。”迪娜气呼呼地转身跑了，一边跑，还一边抹眼泪。

“要不，我们带上她?”叶尔勒语气软下来了。迪娜在班里很热心，老师喜欢，同学们也喜欢。她还常给叶尔勒零食吃。

“你疯了吗？路可不近，我们俩好说，她是女生，太麻烦了。”木拉力看着叶尔勒，坚定地拒绝了叶尔勒的建议。

“要是她把这件事告诉老师怎么办？”叶尔勒担忧起来。班会课上，老师反复讲过同学间要团结友爱，相互帮助，共同成长。这话不是说一下就完了，同学们都要照着做。

“老师管上课，还管我们放假的行踪？一个班几十个人，想管也管不过来吧。”木拉力拽着叶尔勒的胳膊说，“快走吧，别耽误时间了。”

山路到底有多远，只有走了才知道。一条路不通，就得绕道，真是没有办法说的事情。

叶尔勒回头看一眼迪娜颤动的背影，心里有种说不出的滋味，慢慢垂下头，一声不吭，跟着木拉力往前走。叶尔勒觉得脚底板像抹着层胶水，粘在地上，走不动。

叶尔勒又一次回头时，迪娜的背影只剩下一颗豆子那么大了。他心里有点纠结，拒绝迪娜是不是太不友好，毕竟在班里迪娜对他一向很好，只要有好吃的，都分他一点的。上次自己发烧，她还跑来看他，给他送了干脆面和辣条。想到这儿，叶尔勒又回头望向迪娜的方向，却不见人影，只有两头牛犊慢悠悠地走在路上，一头东张西望，一头低头像是在找寻什么。

去珍珠溪没有柏油路，只能走山路。叶尔勒听爸爸说过那条路，要过呼尔河，翻怪石岭，穿一大片密林才能到达。这对爸爸来说，像进自己的牧场一样，熟悉得不能再熟悉。草原上的人都说叶尔勒的爸爸是“活地图”，十九岁就成为一名护林员，熟悉萨尔曼草原的每一个山谷，每一座山，每一条河沟。

每次听村民们说起爸爸时那些赞誉的话，叶尔勒都会挺起胸脯，似乎是在夸赞自己。也是在一次次这样挺起的瞬间，让他有了一种意识，自己完全继承了爸爸的基因。爸爸走过的路，他能感知到，虽然没有走过，可爸爸的脚印会领着他前行。

“听说过怪石沟的时候容易迷路。”木拉力边说边蹲下系鞋带。

“我会辨别方向，走吧。”叶尔勒把拐杖从左手换到了右手。

“前几天，听我爸说，要给牧区重新更换电网了。”叶尔勒说。

“草原那么大，山这么多，一家一户住得分散，可能吗？”木拉力说。

叶尔勒没有反驳木拉力的话，反正是大人们的事，只要家里的灯亮、冰柜能用就好了。村里的路灯都是太阳能。家里的冰柜用处大，妈妈做的酸奶疙瘩、奶酪，还有新鲜酸奶和鲜奶都放在冰柜里。靠爸爸当护林员的收入不够家里开销，妈妈平日做点奶制品，在院子门口摆着卖。每年从五月开始，进入草原避暑游玩的城里人就多了，还有徒步的人，多少都会买一点东西，这样家里也就多了一份收入。要是没电，或者供电不稳定，这买卖肯定就做不了了。

“电网改造，好事。”叶尔勒说，“经过我家牧场时，我会给他们送去奶酪和新鲜烤制的馕。”

“更换铁塔，塔基要比以前的大很多，这样会占用草场，得给赔偿，有了补偿款，家里就可以换一辆车了。”木拉力说着，眼神都跳起舞来，似乎他面前已经有了辆崭新的车。

木拉力的爸爸有一台桑塔纳，不知道更换了几个主人，到他家时，已经不成样子了。车在山里跑，只要发动机工作，轮子能跑就行。好歹是车，比骑马快得多。

“我喜欢马，马属于草原，可越来越多的车都开进了草原。”叶尔勒说着，用左手捂着鼻子，“呛鼻子的汽油味实在受不了，闻得人恶心头晕。”

“受不了你这样子，像女生一样娇气。”木拉力鄙视的眼神像两把刀，似乎要将叶尔勒切碎。

“你不觉得吗，那种味道不仅能钻进衣服里，”叶尔勒手里的拐杖扫了一下路边的草，气恼地瞪一眼木拉力说，“还粘在树上、草上，动物们也逃不过。”

说来也是奇怪，拐杖刚落地，木拉力一个趔趄，险些栽倒。叶尔勒一把拽住木拉力的胳膊说：“要是头晕，就歇一会儿。”

“干吗推我?”木拉力甩开叶尔勒的胳膊。

“嘿，难道我走在你后面，要恶搞你。”叶尔勒拽着木拉力的胳膊不放，“你怎么回事?”

“好吧，休息一会儿。”木拉力说，伸手想夺叶尔勒的拐杖。叶尔勒敏捷地将拐杖举过头顶，顽皮地一笑。

叶尔勒看到不远处有块桌面大的青石，小跑过去，拍了拍，似乎见了好朋友，用这种方式问候一下。叶尔勒坐在巨石上，伸展双腿，双手支撑在身后。阳光晒得皮肤和石头温热，索性舒展身子，仰面朝天，躺在石头上。往常最怕暴露在阳光下，草原上的阳光跟草原上的马一样，踏过皮肤时，有炸裂感。此刻，勇气与阳光一起包裹着叶尔勒。他闭上眼睛，安然地享受阳光。

“你说珍珠溪里有什么？”叶尔勒问，他并没有睁眼看木拉力，像是在跟阳光说话。

“快起来。”木拉力握住叶尔勒的脚踝一拽，“不去亲眼看一下，怎么知道有什么？”

“我希望能捞到珍珠，给妈妈穿一条珍珠项链。妈妈的裙子好看，要是戴上珍珠项链，就更好看了。”叶尔勒坐起来，将拐杖支到草地上，身子往下一滑溜到草地上。

“你是老爷爷吗？非要拄着它。”木拉力不解地问。木拉力握着拐杖时，手掌觉得被什么电了一下，浑身酸麻，慌忙松开手：“你的拐杖咬人。”

“怎么不咬我？”叶尔勒说，“难道拐杖长了眼睛？”

“你是说，我是坏人？”木拉力不高兴了，语气里有掩饰不住的气愤和疑问。

“好了，别说这样的话，”叶尔勒说，“要上山了，存点力气赶路。”

在萨尔曼草原，山羊是爬山的高手，羊肠小道都是山羊们踩出来的。叶尔勒顺着依稀可见的小路往南走，上了坡，稠密的沙棘丛挡在眼前。沙棘丛下倒是有一个足球大小的小口，但能穿过去吗？叶尔勒心里没底，站在那里，想着该怎么办。

“天哪，只能钻过一只兔子，或者一头獾猪，我们过不去。”木拉力说着，蹲下身子张开手掌，比画着量了一下小口。小口有他的两个手掌大小。

“我们绕路走，沙棘枝上都是刺，硬穿，有危险。”叶尔勒转身正准备向东走。他记得父亲说过，山路条条，顺着一个方向，一定能找到一条相同方向的路。

太阳走到天空中央的时候，叶尔勒和木拉力进入了怪石沟。叶尔勒额头上全是汗珠，木拉力已经有点走不动了，随身带的一瓶水早就喝光了。本以为在路上能路过溪流或者泉眼，喝水应该不是大事，可偏偏没有遇到。

“只要有青草，就不会饿死人。”叶尔勒想起爸爸说过的一句话。可进入怪石沟，草就绝迹了。这令叶尔勒感到奇怪。即便是自家的冬牧场，那里靠近沙漠，算是半荒漠地带，可还是有苦蒿、骆驼蓬、野西瓜、梭梭，不是一点绿色都没有。这怪石沟，怪就怪在它属于草原，可似乎是一个外来的入侵者，连一棵草都没有。至少现在还没有发现草的踪迹，哪怕是一丛匍匐在地上的小草。

“休息了差不多有一节课的时间了，坚持一下，”叶尔勒搀扶起躺在地上的木拉力，“走出怪石沟，也许就有水了。”

“不行，我要再躺一会儿。”木拉力仰面朝天躺着，这种姿势，叶尔勒见过，进入草原的游客，常喜欢用这种方式放松身体。有的一个人躺着，也有的两三个人躺在一起，七八个人围成一个圈这么躺着的也有。那时候，叶尔勒觉得这些城里人太有意思了，回家还告诉了爸爸。

叶尔勒的爸爸说：“城里人压力大，跑进山里，到草原来，跟草原亲近，就是跟大自然亲近。他们不像我们，一直生活在草原上，享受着大自然的空气、水、阳光，城里不是这样的。”

叶尔勒去过城里，到处都是人，连小小的巷子里都停满了各种各样的车，人都没有地方走路了。他最不明白的是，城里的天空灰蒙蒙的，看不见太阳，有时候看见了，也像蒙了一块厚厚的布，一点都不亮堂。

现在是木拉力躺在地上了。两条路，要么继续走，要么返回，可现在的木拉力根本动不了。叶尔勒耷拉着脑袋，怎么办？要不，陪他再休息一会儿，实在不行就背着他走。

这时候，干燥的风送来了远处隐隐约约的马蹄声。叶尔勒打起精神，循着声音望去，只见从东侧山顶豁口处飞来一匹马，可看不到人。叶尔勒纳闷，那会是谁呢？

“听到了吗？马蹄声，有人来了。”叶尔勒抓住木拉力的一只胳膊摇晃了几下，木拉力一点回应都没有。叶尔勒心里慌乱起来，大声喊：“木拉力，木拉力，醒醒。”

“出发时都好好的，现在怎么了？”叶尔勒发出疑问，可没有人给他答案。以往，这样的疑问都交给了爷爷、爸爸或者妈妈，有时候也会交给姐姐。疑问是弹力球，会蹦蹦跳跳起来。

马蹄声越来越近。叶尔勒这次看清楚了，马背上是一个女孩，她扎着马尾，额头有一缕飞扬起的头发。马是一色的黑，黑中发亮。黑马像是一枚箭镞，飞射过来。

骑马是草原上每个人都会的技能。叶尔勒是草原赛马好少年，这一点都不假。可草原上的每个孩子都是马背少年，只是女孩参加赛马的不多。

马风驰电掣而来，在叶尔勒和木拉力身边停下。马上下来的人不是别人，是迪娜。她背着一个水壶。不等叶尔勒张嘴说话，迪娜的头低下来，敏捷地取下水壶，递给叶尔勒。

叶尔勒拧开水壶，倒了半壶盖水，慢慢喂进木拉力的嘴里。

“把木拉力扶上马背，你带着他先回。”迪娜说，目光关切地看着木拉力。

“你怎么办?”叶尔勒问。

“我后面走回去，不能再拖下去了。”迪娜拽着马缰绳，黑马打了一个响鼻，前蹄在地上重重踢踏了几下。看来马都感受到危险了。

“给，拿着这个。”叶尔勒把拐杖递给了迪娜。

“一根破木棍，真当宝贝了。”迪娜边说边接过来，打量了一番木棍，还是没有看出有什么特别。

黑马驮着叶尔勒和木拉力往东而去，沿着这条路就可以到家。

当迪娜的身影成为一个黑点的时候，月亮已经上来了，迈着轻盈的步子来了。

蝴　蝶　谷

题记

对草原的牧民来说，野花、蝴蝶，还有其他生活在草原上的动物都不陌生。虽然不能说出各种花草及动物们的名字，但始终与动植物和谐相处，没有发生过牧民破坏动植物的案例。

几场春雨后，草原上的各色花都开了，蝴蝶也来了。

去年的时候，天气大旱，牧场上的草低矮枯黄不说，许多昆虫都没有来，这让叶尔勒有点失望。其实比叶尔勒更失望的是阿依汗，她说："长这么大，最喜欢的昆虫是蝴蝶，却没有见过几种真蝴蝶。"

叶尔勒说："这有什么难的，在蝴蝶谷，各种各样的蝴蝶有一二百种呢，只要雨水好，蝴蝶谷就能满足这个心愿。"

这是年初时，叶尔勒在电话里对阿依汗说过的话，可到底能不能看上蝴蝶呢？叶尔勒心里一点都没有底。

天气是个古怪的家伙，谁也说不准的。

新学期开学不久，班主任老师让班里的同学们进行社会实践，主要的方向是认识身边的昆虫，并给同学们讲述实践的过程。

原本在家附近叶尔勒就可以完成这个实践。牧区任何地方都有昆虫，只不过是多与少的问题。但想到曾答应阿依汗去蝴蝶谷看蝴蝶，这件事情不能不做，自己是男子汉，要说到做到。

星期五下午，叶尔勒给阿依汗打电话，说星期六放假，可以去蝴蝶谷看蝴蝶。阿依汗接到电话很兴奋，说："真可以看到蝴蝶吗?"

"今年雨水多，各种野花比赛似的开了，穿着不同裙子的蝴蝶自然会从四面八方飞来的。"叶尔勒描述这一场景时，语气跟弹钢琴似的，很有节奏，听得阿依汗心里痒痒的。

"可周六有钢琴课。"阿依汗说着，电话那头的声音小了。

“和老师请个假，”叶尔勒说，“一次不去不要紧的，下次补上，不可能每次都上新课吧。”

“妈妈要说不行呢?”阿依汗声音里带着焦急。

“你就说，我邀请你来参加社会实践活动。”叶尔勒说，“要不，你把电话给你妈妈，我给她说。”

“她希望我将来成为一名钢琴家，”阿依汗说，“我感冒了都没耽误过一堂钢琴课。你说顶什么用。”

“别这么悲观呀，”叶尔勒安慰阿依汗，“没试过怎么知道呢?把电话给你妈妈。”

阿依汗犹豫了几秒，朝厨房里瞥了一眼，妈妈正在做饭，妈妈知道她喜欢吃薄皮包子，回来就开始忙活了。其实她每次最多吃两个就饱了。妈妈从来不怕麻烦，想吃就做，皮薄馅多，每个包子顶外面包子铺的两个包子的量，很扎实。

“妈妈，电话。”阿依汗喊了一声。

“谁的?”阿依汗妈妈的声音通过听筒传到叶尔勒耳朵里时，他的心怦怦跳个不停，像是他做错了什么事情，等待大人的训斥和批评。叶尔勒十分忐忑，万一阿依汗的妈妈不同意怎么办?那样的话，阿依汗多失望呀。想到这里，他的心里莫名地有点沮丧。

“是叶尔勒吗？”阿依汗妈妈的声音。

“阿姨好，是我，叶尔勒，我想请阿依汗周六来萨尔曼大阪蝴蝶谷看蝴蝶，可以吗？”

“阿依汗要学钢琴，等以后有时间去也不迟。”阿依汗妈妈说。

“可蝴蝶谷的蝴蝶就这几天最多，错过了，就要等一年。”叶尔勒说着，语气里满是惋惜。

“没关系，自然博物馆里有蝴蝶展厅，世界各地的蝴蝶标本都有，”阿依汗妈妈说着，停顿了一下，“改天我带她去参观。”

“阿姨，野外看实物和博物馆里看标本不同，”叶尔勒说，“花丛中的蝴蝶可是千姿百态，好看着呢。”

“再好看，也不能耽误学钢琴，五年来可从没有间断过，”阿依汗妈妈说，“看蝴蝶是小事，学钢琴是大事。”

“可，可，可……”叶尔勒嘴巴哆嗦起来，一时间不知道怎么应对了。

“谢谢你的好意，有空请你到我家来吃薄皮包子。”阿依汗妈妈说完挂了电话，没有一点商量的余地。

叶尔勒看了一眼电话，似乎看到了阿依汗那含泪的眼睛，心里难过得不知道该怎么办。去年他想去看航天展，爸爸不同意，说："不当飞行员，看那个展有什么用?"

"那里面有许多新科技，我们最需要了解的知识都在里面呢。"叶尔勒几乎是吼出来的这句话。可最终的结果是，爸爸还是没有同意。为这个事情，他难过了好几天。叶尔勒心里开始埋怨爸爸，嫌爸爸太抠门，舍不得花路费。他甚至想，爸爸如果同意了，就带个馕，这样就不用在城里吃饭了，城里的东西贵。也难怪爸爸舍不得花钱，爷爷奶奶隔三岔五住院看病，花费也不小。

遗憾就这样种在心里了。

这时候，爸爸进来了，看到叶尔勒一脸不高兴，问是怎么回事。

叶尔勒说了邀请阿依汗看蝴蝶的事，爸爸笑起来，"这有什么难的，我给她爸爸打个电话的事情，用不着愁眉苦脸的。"

"爸爸，我跟阿依汗妈妈通过电话了，不同意。"说着，叶尔勒的语调就拐弯了。

"瞧瞧，一点也不像个男子汉，动不动就拉着哭腔，这可不是我的儿子。”爸爸说着，从口袋里掏出了手机，翻找出“吐尔洪”的名字拨了出去。

叶尔勒不敢听，一溜烟跑了出去。

结果就两种，会是哪一种呢？叶尔勒无法预测，与其亲耳听到不好的消息，还不如不听。这是逃避，可比现场听到坏消息，心里要好受一点。

叶尔勒蹲在老榆树下，小狗黑虎摇着尾巴从院子门口跑过来，伸出舌头在他脚面上舔了一下，似乎那是一块羊羔肉，不吃闻一下都顶饿。

叶尔勒抬起左手抚摸了一下黑虎油光锃亮的背，黑虎乖巧地卧在他的身边，把脑袋靠在他的腿旁，眼睛微闭着，呼吸均匀。

“你这个没心没肺的家伙。”叶尔勒嘟囔了一句，黑虎耳朵动了一下，眼睛依然微闭着，并没有在意他的话。

不往心里去，大概是黑虎终日快乐的秘籍。叶尔勒这么想着，眼睛不由看向了屋门。那扇门牵挂着他的心。

叶尔勒垂着头，看着黑虎懒懒的睡姿，一只白蝴蝶飞过来，想落在黑虎乌黑的脑袋上，盘旋了两圈，犹豫地飞走了。

要是阿依汗真来不了怎么办？叶尔勒被这个问题困住了，觉得呼吸都有点接不上了。叶尔勒有点烦躁，大声说："黑虎，快去看看，我都要急疯了，你倒好，跟没事似的，别躺在这里躲清闲。"

说来也怪，黑虎支棱起耳朵，翻身就冲到屋门口，前爪拍打着原木门。一下，两下，三下。声音算不上响亮，可屋里的人足以听到。

这时候，门开了，叶尔勒的爸爸站在门口说："嘿，别闹了，我就知道是你来打探消息了。"

叶尔勒赶忙起身，并没有急着过去，处于观望状态。他不确定，爸爸是否说通了阿依汗的爸爸，答应阿依汗来看蝴蝶。

"快过来，我的孩子，明天早晨，广明的爸爸开车去接阿依汗，你们一起去看蝴蝶。"叶尔勒爸爸说着，伸手摸了一下黑虎的脑袋，黑虎欢喜地舔了一下叶尔勒爸爸的手，似乎这个消息是对它的奖赏。

叶尔勒飞快地跑过来，头埋在爸爸怀里，给了爸爸一个无声的拥抱，眼睛里是闪闪的泪花。

“孩子，天下没有解决不了的事情。”叶尔勒的爸爸拍拍叶尔勒的后背说，“以后遇事要冷静，多想办法，别有点事情就灰心丧气。”

“大黄蜂”来的时候，叶尔勒早就等候在院门口了。

“叶尔勒，快上车。”广明从左边车窗探出脑袋说，“我爸爸送我们去蝴蝶谷。”

这时候，坐在后排的阿依汗降下车窗说：“谢谢你的爸爸。”

“应该先谢我。”叶尔勒打趣说，把一袋子东西放进车里。

“这是什么?”阿依汗问。

“我妈准备的午餐，她担心我们会饿肚子。”叶尔勒说。

阿依汗说：“我妈也准备了一大背包呢。”说着把身后的背包拿到胸前拍了拍。

结结实实的爱意。

过去蝴蝶谷名气没现在大，现在徒步的人多了，摄影的人多了，一下子火起来了。对草原的牧民来说，野花、蝴蝶，还有其他生活在草原上的动物都不陌生。虽然不能说出各种花草及动物们的名字，但始终与动植物和谐相处，没有发生过牧民破坏动植物的案例，倒是过来游玩的人不注意安全。这也是叶尔勒爸爸作为护林员的职责。

广明的爸爸把叶尔勒、广明、阿依汗放在蝴蝶谷路口时，叮嘱下午五点回来接他们。

阿依汗下车时，发辫上扎着个蝴蝶结，橘红色，真像是两只蝴蝶落在她乌黑的辫子上了。叶尔勒说："看来你是蝴蝶迷呀。"

阿依汗举起双手，在叶尔勒眼前晃动着，手背上也是两个栩栩如生的蝴蝶图案。"这不算什么，家里还有许多蝴蝶饰品呢。画有蝴蝶的铅笔盒、蝴蝶靠垫、蝴蝶发夹、蝴蝶图案的睡衣、印有蝴蝶图案的餐具，对了，还有一个爸爸从峨眉山带回来的蝴蝶标本画，放在我的书架上。"

"你算是蝴蝶的铁粉了。"广明说，"这次你得好好给我们说说蝴蝶的前世今生了，让我这个蝴蝶盲也长点知识，不然真不好意思说到过蝴蝶谷。"

"别给自己那么大压力。"叶尔勒说，"出来玩，轻松点，知识学不完，用不着这么急。"

“就是，我也是从书本或者电视里看了一些关于蝴蝶的零星知识，并不是蝴蝶专家，什么都知道，那样我不成了少年天才了？”阿依汗说。

这时候，十几个穿着花花绿绿衣服的大妈们唱着：“我们走在大路上……”从他们身边走过。

三个人不约而同地往旁边靠了一下。

这蝴蝶谷并不是萨尔曼草原最宽阔的山谷，只是谷底较为开阔，有几条小溪穿过，河谷里野花繁茂，卷耳、马鞭草、柳兰、野豌豆、水芹、铃铛花、飞廉、三叶草、老鹳草、牛金花、金莲花、野芍药、马蹄草等，上百种。

“五月底先是锦鸡儿开，接着是蒲公英、野蔷薇开，”叶尔勒说，“此后那些白的、紫的、蓝的、粉的花就跟着开起来了。”野花都是自然生长，没有人修剪，高高低低的，你中有我，我中有你。这里景色迷人，也迷蝴蝶。

“快看，阿波罗绢蝶！”阿依汗说着，手指路边一株大蝤蓟，“这可是用太阳神命名的蝴蝶呢。它在欧洲已经灭绝了，这里能看到真是奇迹。”

“我姐姐曾说，每一只蝴蝶都是一朵花凋谢后的灵魂，飞回来找它的前世。”叶尔勒说，“不过我有点怀疑，难道它仅仅迷恋花，就不迷恋其他植物吗？”

“美丽、善良、高贵的蝴蝶总有不为人知的另一面。告诉你吧，蝴蝶不仅是喝花蜜的，”阿依汗说，“它还吃屎、尿以及动物腐烂的尸体，有的还喝眼泪。”

“干吗要喝眼泪？”广明问。

“眼泪是咸的，里面有钠。”阿依汗说，“人需要钠，蝴蝶也需要钠，缺钠的话就会跟人一样浑身无力。”

“我爱吃肉，清炖羊肉、烤羊肉、肚包肉、红烧牛肉、熏马肉等都喜欢。”叶尔勒说，“蝴蝶吃肉吗？”

“你们猜猜看。”阿依汗用调皮的目光扫了叶尔勒和广明一眼，并没有打算急着说出答案。

“蝴蝶是女生的最爱，”广明说，“就像叶尔勒只关心自己爱吃的食物，没有几个男生会留心蝴蝶的食谱吧。印象中蝴蝶喜欢围着鲜花转。”

“不过我倒是见过蝴蝶在草丛里飞来飞去，”广明说，“不确定它们吃不吃草，没有调查过，给不出正确的答案。阿依汗给我们讲讲看。”

“嗯，看把你急的，说起来，吃肉的蝴蝶还不少呢。有一种吃肉的蝴蝶名字叫虎斑纹吃肉蝴蝶。这种蝴蝶吃其他小昆虫不说，集体出动的话，还会攻击兔子、老鼠等动物。”阿依汗说着，还不停用手比画。

“还有一种蚜灰蝶，个头要比虎斑纹吃肉蝴蝶小，擅长在草丛中吃蚜虫。”

“看来这个蚜灰蝶是个好‘医生’呀。”叶尔勒说，“惭愧得很，我不认识这种蝴蝶，但对它充满敬意，要是没有它，蚜虫肆虐起来，可就麻烦大了。”

“我有点好奇，蝴蝶到底靠什么来判断食物呢?”叶尔勒问。

“嘿嘿，这个问题问得好。”阿依汗说，“其实蝴蝶的舌头长在触角上，触角碰到食物后，它那比人类舌头灵敏2 000倍的舌头，不仅能分辨出咸甜味，还能尝出苦味来呢。当然，绝大多数蝴蝶都喜欢花粉和甜丝丝的浆液。”

“看，那个女人捉蝴蝶了!”广明惊叫着。

“不能捉，不能捉呀!”阿依汗边喊，边急匆匆跑过去制止那个女人。那是个体形肥硕的女人，她眼睛灯泡似的盯着手里的蝴蝶，一脸的兴奋，甚至有大获全胜的喜悦。

“阿姨，放了蝴蝶吧。”阿依汗央求地说，眼睛望着那双灯泡眼。

“文明旅游，不能打扰草原上的动物。”叶尔勒将手里的拐杖横在胸前，眼睛死死地盯着女人。

这时候，胖女人才不屑一顾地瞥了阿依汗和叶尔勒一眼说：“小屁孩，走远点。”语气蛮横，盛气凌人。

“你一个大人，怎么说话的?”广明不高兴，抢先开了腔。

“嘿，你们几个小屁孩，管起闲事来了。”胖女人怒气冲冲地瞪了三人一眼，一点都没有放开蝴蝶的意思。

“蝴蝶属于大自然，不属于你。”阿依汗说，“还它自由。”

“对蝴蝶说自由，头一次听说。”胖女人冲旁边的另一个高个子的女人努一下嘴巴，“你听说过这样的事情吗?”

“世界上只听说人讲自由，”高个子女人说，“没听说动物讲自由的，更别说蝴蝶这个不起眼的小昆虫。”

“谁说不是呢。”胖女人附和道。

“在草原上，动物、花草树木都是平等的。”叶尔勒说，“不能因为它们不能说话，就欺负它们。”

“好好说话，谁欺负谁了？”胖女人提高了声音，有点咄咄逼人的架势，依然没有放飞蝴蝶的意思。

“我是护林员，请你放开蝴蝶，不然我就报警了。”叶尔勒说。

“你，你是护林员？”胖女人露出几分惊讶。

“我们一家三代都是护林员。”叶尔勒铿锵有力地说。

“不就一只蝴蝶，至于吗？”高个女人语气软下来了。

“一人捉一只，蝴蝶谷还能有蝴蝶吗？”阿依汗反问一句，语气瞬间有了气势。

“走了，走了，要去克澜湾。”一个头戴红帽子的女人手摇丝巾大声吆喝着。

胖女人和高个女人相视一笑，胖女人丢开了蝴蝶，挽着高个女人的胳膊转身走了。

“这是什么蝴蝶？”广明蹲下身子，看着草地上的蝴蝶。

“这是只牧女珍眼蝶。”阿依汗说，“它的前翅受伤了，飞不动了。”

“还能救吗?”叶尔勒追问道。

“看它自身修复能力，我们没法帮它。”阿依汗说，语气里带着遗憾。

“阿依汗，你为什么这么喜欢蝴蝶?”叶尔勒问。

“蝴蝶是美的使者，每个女孩都想成为一只蝴蝶吧。”阿依汗说，“没有人讨厌蝴蝶的。”

“你这么喜欢蝴蝶，将来做个昆虫专家吧。”广明说，“到时候，我们有不认识的昆虫，问你就好了。”

“看，蝴蝶军团。”叶尔勒兴奋地说，“手里的拐杖指向右前方。”

只见成百只翅面黄褐色、黑色斑纹的蝴蝶像听到了指挥号声，有韵律地在一个一米多高的植物上翻飞，忽起忽落，乍一看如一块黄褐色绸缎在风中跳动，在向他们招手。

“这是荨麻蛱蝶。”阿依汗说，“它喜欢荨麻和大麻，它的体背中央及体侧有一条黄色纵带，我超级喜欢呢。”

“你这么喜欢蝴蝶，干脆到蝴蝶谷当讲解员吧。”叶尔勒说，

"我先跟你学习，等掌握了足够的知识，我也来。"

"你呢?"叶尔勒扭头看一眼广明。

"还是算了，我喜欢奥特曼。"广明说，"给你们讲奥特曼没问题。"

又有好几拨人从他们身边穿过，多数是身着徒步服的人。有一个摇着小红旗的人高声喊着："前方有溪流，注意脚下，防止滑倒。"

"我们走吧，"叶尔勒说，"前面的花更好看。"

三个人你追我赶，一会儿超过了那些徒步的人。

穿过一片白桦林，眼前是更开阔的谷底，铃铛花和马鞭草形成紫色的花潮，清风拂过，一浪一浪涌过来，要将人淹没似的。

"天啊，"阿依汗惊呼起来，"童话世界呀。"

"别光高兴了，小心脚底下。"叶尔勒说，"草丛中有溪流的裂缝。"

"没事，我看着呢。"阿依汗自顾自地朝前跑去。

"嘿，等等我。"广明跟在后面着急地喊着。

叶尔勒不慌不忙，拐杖在手里飞舞着，倒是惊吓走了不少蝴蝶。

这里的草实在是太旺盛了，少说也有一米多高，阿依汗走进去，只露出头顶的蝴蝶发卡。发卡移动着，后面的广明喊："等等我。"

走了有二三十米，就听到有人喊："我的手机掉下去了。"

阿依汗出了草丛看到呼喊的女人正是刚才捉蝴蝶的女人。她没有想搭理的意思，站在原地等后面的广明和叶尔勒。

这时候，叶尔勒已经从草丛里穿过来了，他快步走过去问怎么回事。阿依汗嘴巴朝前方一努。叶尔勒看到捉蝴蝶的女人正蹲在草地上寻找着。

"阿姨，怎么了?"叶尔勒问。

"我手机掉下去了。"捉蝴蝶的女人说。

"不要急，我看看。"叶尔勒说着，俯下身子，趴在裂隙旁观察了一番，裂隙有七八十厘米宽，里面有草，潮湿说明有水。

叶尔勒拿着拐杖往下面试探性地戳了几下，胳膊伸下去能探到底，不等女人说话，他纵身下去了。

捉蝴蝶的女人一脸懵，这时候，阿依汗急了，大声喊道："小心点。”

一时间，几个人脑袋都伸向裂隙。

叶尔勒侧着身子在里面摸索着。突然，他开始往下溜。广明喊了一声：“没摸到就上来吧，我拉你。”

“没事，我再试一次，杂草太多了。”叶尔勒说。他又往前挪了几步，差不多走到刚才的位置。这地方真是狭窄，幸亏叶尔勒瘦，要是胖一点的孩子，真是没法下去。

“孩子，实在找不到就算了。”捉蝴蝶的女人说，“安全第一。”

“如果掉在这里，肯定在。”叶尔勒说，“它不会长了翅膀飞走的。”

几个人的目光都齐刷刷地聚焦在叶尔勒的身上，没有人再说一句话。路过的人，偶尔会好奇地望两眼，便急匆匆往前走了。

也有几个人，站在旁边，问：“找什么？找到了吗？”一个戴凉帽的人说：“手机一旦进水，找到了，也用不了了，算了，别找了。”

“我才买的新手机。”捉蝴蝶的女人气急败坏地说。

“不信，到时候瞧。”戴凉帽的人说完走了。

“找到了。”叶尔勒说着，将一个沾满泥的手机举起来伸过头顶。

捉蝴蝶的女人弯曲双腿，俯身接过来，忙扯过脖子上的丝巾边擦拭边说：“天哪，不知道还能不能用了。”

“手给我。”广明说着，伸出右手。

阿依汗也伸出手去。

叶尔勒摆摆手说：“不用，瞧我的。”说着手扒在裂隙沿，身子往上一纵，两只胳膊就撑住了身体，双脚蹬住裂隙，身子敏捷地跃了上来。

叶尔勒的裤腿全是泥巴，右胳膊肘还蹭破了点皮，泛红一大片。阿依汗轻轻摸了一下，问：“痛不痛？”

“没事。”叶尔勒说，整理一下衬衣，“走吧，前面就是最好的地方了。”

这时候，捉蝴蝶的女人过来说：“身上没带钱，手机打不开，没法谢你，告诉我你是哪个学校的学生，改天专程去答谢。”

“我帮您捡手机不是为了钱。”叶尔勒说完，挽着广明的胳膊就往前走去。阿依汗跟在后面喊：“走慢点，别落下我。”

“嘿，将来在蝴蝶谷建个蝴蝶博物馆就好了。”阿依汗说，“给大家普及蝴蝶知识，让更多人爱上蝴蝶，保护蝴蝶。”

“这是个好主意，”叶尔勒说，“我们可以给政府写信建议。”

“人家会理会一个小孩子的建议吗?”广明怀疑地问。

“哪怕有百分之一的希望，”阿依汗说，“我们也要试一下。”

“我支持，你写，”叶尔勒说，“我们都签名。”

“好，我回家就写。”阿依汗说着往小路深处跑去。

叶尔勒搂着广明的脖子说：“瞧，她多像只花蝴蝶。”

贝　壳　山

题记

“反正山上的东西不能拿走。”叶尔勒把手里的拐杖在地上敲击了两下说，“这规矩不是写在提示语的牌子上，是装在每个牧民心里的。不管有没有人看护，我们都不会拿回家……”

贝壳山的名气很大，迪娜和广明都想去。

叶尔勒也梦到盘子那么大的海螺化石，可并没有见过，心里总惦记着。放假了，叶尔勒约了广明和迪娜去贝壳山，一看究竟。

“小心。”叶尔勒提醒广明注意脚下。广明身后跟着迪娜。“虫子没什么害怕的。”广明说，回头看一眼迪娜，问：“害怕虫子吗？”

“害怕呢。”迪娜怯生生地说，“连蚂蚁都怕。”

叶尔勒说：“虫子跟我们一样，都是需要空气、阳光、食物才能生存，就是样子不同，没什么可怕的。”

“心态放平和点，”广明说，“不要那么焦虑，自己吓唬自己。”

“不是说看贝壳山吗？”迪娜说，“怎么跟虫子扯上了。”

“贝壳山上，不止有贝壳，”叶尔勒说，“也有各种虫子的化石呢。”

“原来如此呀。”迪娜说，“那么意思是虫子都是死的，不会吓人。”

“虫子可从来没有想吓唬谁，”广明说，“是人站在自己的视角这么想问题的。”

“你的意思是我有点冤枉虫子了？”迪娜有点不高兴了，用质问的口气说，“可它们的样子就很吓人呀。”

“说不定，在虫子眼里，人才是恐怖的生物呢。”叶尔勒说，“虫子那么小，人再小，在虫子面前都是庞然大物。”

“大与小，都是看以什么为参照物。”叶尔勒说，“人在大山大树面前，一样小得可怜。”

“我不想去了。”迪娜停下来说，“贝壳要是都从山上下来，会活埋了我们的。”

“你怎么会这么想呢？化石！化石就是石头，”广明说，“它们见了你能复活不成？”

“谁说不会呢？”迪娜蹲下身子捡起一枚浑身布满雪花状白斑的石头说，“说不定一会儿会下雪的，雪花都裹在石头里，不舒服，想获得自由。”

“到底是你有魔法，还是石头有魔法呢？”叶尔勒说。

这时候，五六只乌鸦盘旋在空中，呱呱呱地叫。这乌鸦的叫声跟它们的模样一样吓人。在草原上，几乎没有谁喜欢乌鸦，甚至有人认为乌鸦的出现是不吉利的事情。

“要不改天去贝壳山吧。”广明说，“我奶奶说，见到乌鸦不是好兆头呢。”

“乌鸦不过是鸟的一种，关于鸟的各种说法都是人附加上去的，”叶尔勒说，“是不是好兆头没有科学依据，这个事情，我早跟姐姐讨论过了。”

广明知道叶尔勒的姐姐在读高中，参加全国高中生知识竞赛拿过第二名，这个成绩只比第一名少了0.1分。她练习过速读，一年能读八百多本书，非常牛，她的话是有可信度的。广明不解地问：“为什么说乌鸦是不吉利的鸟呢？”

“每个民族对同一种动物有不同看法是很正常的事。”迪娜说，“我国有的少数民族认为乌鸦是神鸟，英国人则把乌鸦当作守护神呢。”

“乌鸦不会伤害到人，”叶尔勒说，“和平相处的动物都是值得尊重的动物。”

“看着点，前面的月亮潭涨水了，”广明说，“能过去吗？”

“放心吧，”叶尔勒把手里的缰绳抖了一下说，“王子驮着我们过去。”

叶尔勒出来的时候牵着爷爷钟爱的马——王子，如果广明和迪娜走累了，可以让他们俩骑在王子身上，他牵着走。其实，去贝壳山的路在叶尔勒看来不算远，可迪娜是女生，第一次走这条路。广明倒是去过一次，但没有走到有化石的地方就返回了。

“我不会游泳，”迪娜这时候说话的声音有点软了，“不会有事吧。”

“我坐在前面，你们坐在后面，我带你们过去。”叶尔勒说。广明正低着头看湿了大半的鞋子。

“你骑马先把迪娜带过去，”广明说，“我在这里等着。”

“这主意好。”迪娜说，扭头看一眼身后的叶尔勒。王子正低头饮水，叶尔勒右手牵着缰绳蹲在王子身边。

王子饮水的动作很慢，像是怕惊扰到安静的月亮潭。

“口渴了，可以喝月亮潭的水。”叶尔勒松开缰绳，双手捧起水，大口喝起来。

“王子喝的水，你也喝，不会闹肚子吗？”广明一脸不解地问。

“闹谁的肚子？”迪娜说，“这可是雪山上流下的圣水，从没有污染过，怎么会闹肚子呢。”

“我妈从不让我喝生水，”广明说，“生水里有寄生虫，喝了会闹肚子的。”

“月亮潭的水放心喝，”叶尔勒说，“萨尔曼草原的人祖祖辈辈喝山里的水，没听说闹肚子的事，也没见牛儿、马儿、羊儿们闹肚子的。”

“动物们都适应了流淌在山里的水了。”广明说，“凉得很吧。”迪娜也捧起水喝了两口。

“比矿泉水好喝。”迪娜抹了一把下巴上的水珠说，“你也尝尝。”

王子甩了一下头，很满足的样子，看来是喝好了。不等叶尔勒发出指令，便顺着小路往前走。叶尔勒不紧不慢地跟在王子后面。

“贝壳!”迪娜大喊了一声。叶尔勒停住脚步，转身寻着迪娜的声音看过来。迪娜蹲在月亮潭边，手举在半空中。广明接过迪娜手里的东西看了一下说：“只有半个。”

“半个也是贝壳呀。”迪娜说着一把从广明手里抢过贝壳，有点不高兴了。

“不用急，过会儿贝壳能看花你们的眼。”叶尔勒说，“你们两个谁先上?”

广明看一眼迪娜说：“女生先来。”

迪娜听了这话，脸上的不快消散了，抿一下嘴巴说：“让广明先过，我蹚水过去。”迪娜将半个贝壳贴在脸颊上。

“王子驮我们三个人没问题，快上来吧。”叶尔勒说。叶尔勒牵住了王子的缰绳，王子仰头，眨巴眼睛，似乎听懂了叶尔勒的话，温情地看着迪娜和广明。

这是迪娜第一次骑王子，起初有点害怕，可前面是叶尔勒，她放心多了。叶尔勒在上马的时候就说：“抱住我的腰。”迪娜犹豫了一下，还是照做了，毕竟他是草原上的人，也是王子的好伙伴，熟悉王子的脾气。当迪娜伸出手抱住叶尔勒的腰部时，她的担心溜走了。

“广明，你抱住迪娜的腰。”叶尔勒回头望了一眼说。广明的手支撑在马背上，并没有打算去搂迪娜的腰。他觉得有点难为情。他从来没有跟女生这么近，抱住女生的腰，更不可想象。

“王子步子稳健不会有事的。”广明这么想着，并没有把叶尔勒的话放在心上。

迪娜侧脸低声说：“小心掉下马去。”

广明悄声说：“没事。”

原本清晰的小路，因为涨水消失了。

“美丽的草原，我的家……”叶尔勒兴致高昂地唱起歌来。迪娜跟着曲调哼唱着。广明没有应和。广明不敢唱歌，班里同学说他是破锣嗓子，一张嘴能吓死人。音乐课上，他只张嘴不出声，老师点名让他发出声音，他低头盯着脚尖，一声不吭。老师没辙，再不让他唱了。

叶尔勒的嗓音清亮，好听。迪娜声音柔美，更好听。广明喜欢听他们唱，没有在意路，也就是这个时候，马身子倾斜了一下，广明就从马上掉下来了。

后面坐着人，像是有道火墙，身体能感受到温热。这种温热带着独特的气息，无法描述，可真实存在。

突然这种温热滑走了，迪娜一扭头，广明不见了。迪娜大声叫起来：“广明，广明。”

叶尔勒拉住缰绳迅即下马。

广明掉进浅滩，衣服湿了大半。

“是不是没抱住迪娜的腰？”叶尔勒用略带责备的口气问。

“不碍事的。”广明爬起来说。广明衣服上的水滴答滴答往下滴。

“这可怎么办?”迪娜在马上焦急地问。

“让广明坐前面，扶着马鞍。”叶尔勒说，“我坐在后面，没有马鞍也能坐稳，不用担心我。你们要坐稳当，不要怕，王子不会使性子把你们甩下去的。”

广明低着头，甩了几下鞋子，运动鞋湿透了。

“上马呀，”叶尔勒说，“磨磨叽叽像个女生，男生做事要痛快点，就像王子的马蹄声，每一下都要铿锵有力。”

“拿出男生的样子给他看看。”迪娜说着，身子往后挪了一下。

王子似乎有点不耐烦了，右前蹄抬起来，踢了一下水面。叶尔勒敏捷地上了马，手里的缰绳抖动了两下，王子上路了。

迪娜说：“月亮潭像大海一样蓝，没见过这么蓝的水域。”

“很久以前，这里就是大海。”叶尔勒说，“不然怎么会有贝壳呢?”

“大海，”广明说，“远着呢，几千公里。”

上了坡，眼前是一座不起眼的山，不算最高，也不算最矮，山上的植被也不比其他山茂盛，目光扫过去，很容易被忽略。

叶尔勒、迪娜、广明依次下了马。王子很乖，站在原地，看着三个人，目光里有种说不清的东西。

迪娜率先顺着山路往上小跑起来，路边有低矮的草和稀疏的灌木。

“慢点。”叶尔勒在后面喊了一声。叶尔勒将王子的缰绳拴在旁边的一棵杨树上。树不算高大，树冠像一顶太阳帽。

广明顺手捡起一根拇指粗的树枝。“捡它干什么呢？”叶尔勒好奇地问。

“敲贝壳。”广明痛快地答道。

“这些是自然遗产，”叶尔勒说，“只能看，不能拿。”

“你不说，谁知道呢？”广明说。广明拿着树枝在山体上敲击着。

“看，扇贝。”迪娜在不远处举起右手，向叶尔勒和广明挥舞着手臂。

“瞧，她高兴的样子。”叶尔勒笑着，“越往上走，越多，看都看不过来呢。”

“奇怪得很，市里南湖公园那么大的湖边没见一个贝壳。”迪娜说。她又捡起一个拇指大的海螺，“完好无损，太好看了。”

“古时候这里曾是一片海洋，很大很大，有许多贝壳、海螺等海洋生物。”叶尔勒指着山体上坑洼不平的地方说，“这是风蚀雨淋的结果。”

“贝壳是好东西呢。”广明说，“很早以前，克罗马农人不论男女老少都会佩戴贝壳，贝壳做的项链、耳环、手链、脚链……”

“你见过吗？”迪娜忽闪着大眼睛，乌亮乌亮的眼睛里有那么几分怀疑，“不会是你瞎编的吧？”

“我在姐姐送的《大百科全书》里看到了类似信息。”叶尔勒说，“不光是将贝壳当成装饰品，早在商代时贝壳还充当过货币呢。”

“货币？贝壳当货币？”迪娜疑惑地问道。迪娜端详着手里的贝壳，怎么也想不明白，贝壳怎么能当货币。

“当货币的贝壳可不是普通的贝壳。”叶尔勒把手里的贝壳放回原处说，“特定海域出产的贝壳才能作为贝币。”

“你说说看，到底是什么样的呢？”广明凑过来，捏着个铜钱大的海螺，用力吹了几口，海螺上的灰尘纹丝未动。

“我相信，海洋是一切生命之源。”迪娜伸手夺过广明手里的海螺说，“之前听说海螺里住着一个美丽的姑娘呢，不知道会不会遇到。”

“疯了吗？”广明看一眼迪娜说，“这么小的海螺，手指都放不下，你不就是姑娘，钻进去试一下。”广明把海螺塞到迪娜手里。

“那不过是传说，别当真。”叶尔勒说，“还没说完贝币呢，如果没有记错的话，常见的一种贝币是叫作齿贝的贝壳，这种贝壳要经过打磨，穿孔雕刻后才能使用呢。”

“听起来并不复杂，那么老百姓都可以去海边捡贝壳了吧。”迪娜说。迪娜将贝壳和海螺放在一起，看了又看，觉得挺有意思，揣进了裤子口袋里。

“那时候可没有路，”广明说，“到处都是凶猛的野兽，出远门是有风险的。再说，也不允许吧，肯定有人管制的，不然真会乱的。”

“这些贝壳和海螺都是大自然的一部分。”叶尔勒看了一眼迪娜的口袋说，“不能擅自带走，这是属于大自然的。”

“这满山都是，”迪娜轻蔑地瞟一眼叶尔勒说，“少一两个有什么关系呢？再说，可以作社会实践标本，说明我们走进自然，了解自然，这样我们才能更好地热爱自然。”

“这话在哪里听过哦。”广明嘻嘻笑着说，“怎么像班主任的话。你不会是班干部吧，腔调都跟班主任一样。我们是出来玩儿的，不是在教室听课，自然点，不要拿腔拿调的。”

“反正山上的东西不能拿走。”叶尔勒把手里的拐杖在地上敲击了两下说，“这规矩不是写在提示语的牌子上，是装在每个牧民心里的。不管有没有人看护，我们都不会拿回家。这是大家共同遵守默认的规矩，目前还没听说哪个人违反过。”

“你是说萨尔曼大阪吗？”广明问。广明瞅了叶尔勒一眼，又瞧了一眼迪娜。

“不是萨尔曼大阪，是整个哈萨克族都不会。”叶尔勒一脸平静地说。叶尔勒用余光又扫了一下迪娜。

“你们两个说完了吧，”迪娜阴沉着脸，伸手把贝壳和海螺掏出来，丢到路边的一处拳头大的坑里了。“物归原处总可以吧，真服你们两个男生，跟八十岁婆婆一样，唠唠叨叨，没完没了。”

“别生气，”广明说，“入乡随俗。”

“我可不是小心眼。”迪娜说着，小步往前跑了。

“小心摔倒。”叶尔勒叮嘱着，跟在后面。

他们你追我赶，跑出去七八百米后，迪娜气喘吁吁地跑不动了，脸蛋红扑扑的，像马上要从树上掉下来的柿子。

“给，吃块糖。”叶尔勒把一颗红色糖纸包裹的糖塞在了迪娜手里说，“山上海拔高，累了，血糖消耗大，很难受的，吃点糖，缓解一下。”

“怎么没有我的呢?”广明追上来拽一下叶尔勒的胳膊说。

“你那么皮实的人，还需要吗?”叶尔勒看了看广明，笑起来，“再说，就一颗糖，怎么分?”

“多大点事情，”迪娜说，“分着吃，不就解决了。”说着弯腰捡起一块拳头大的石头，把糖果放在一块较为平整的石头上，砸了一下，糖纸破裂了，糖渣溅出来。迪娜剥开糖纸，褐色的糖已经碎成了好几块。迪娜把最大的一块给了广明，另外一块给了叶尔勒，剩下碎小的糖渣倒进手心里，仰起脖子送到嘴巴里。

“别说，糖吃下去，真觉得浑身有劲头了。”广明说，“我记性差，带了饼干，没带糖，包也忘记背了，还是经验不足，下次一定带好多好吃的东西给你们。”

叶尔勒拍了拍广明的肩膀说："别总期待下次，这次玩开心就好了。"

"别这么和我说话，"广明像大人似的抖一下肩膀说，"属于我们的时间多着呢，不光有今天，还有明天，甚至是后天，大后天。"

"你的意思是时间在你那里是无穷的了？"迪娜问。

"时间这个问题很简单，"叶尔勒说，"看看这贝壳山，它们是几亿年前地球上留下来的生命遗骸，我们人类寿命再长不过百年，在它们面前，不值一提。"

"那么人的遗骸可以留存几亿年吗？"迪娜问。

"你简直就是个问题包呀。"广明按捺不住说，"这些生物比人出现得早，骨骼化石成型早，人类出现都什么时候了，比它们要晚许多呢。"

"自然界真是奇妙。"叶尔勒说，"每次我站在某个山顶俯瞰山谷、河流以及山上的草木时，我很难想象这里曾经是汪洋大海，曾经是冰川，曾经是没有人烟的世界。"

“可有趣的是，亿万年后，我们又在这里相遇了。”迪娜说着，双手抱在胸前，样子像极了童话故事里的公主，陶醉在另一个世界里，“这些贝壳和海螺能听到我们说话吗？会不会笑话我们无知呢？”

“这里会不会再次成为海洋呢？”广明抛出这个问题时，瞅了一眼叶尔勒，似乎在等他回答这个问题。

“一切都有可能。”迪娜先开口了，“记得老师曾说过，所有的生命都是有记忆的。没准，这些贝壳和海螺会回到海洋中呢。”

“能不能回到海洋不重要，”叶尔勒说，“重要的是，它们身上留下了海洋的记忆，让今天的我们能看到自然的神奇。下次老师让写作文时，这是一个不错的题材。”

叶尔勒话音刚落，王子小跑而来。

迪娜喊了一声：“马怎么了？”

“谁解开了缰绳？”广明也惊讶地发出疑问，神色紧张起来。

“不用担心，”叶尔勒说，“我拴的是活扣。它聪明着呢，这是想回家了。”

“没想到马儿也会恋家。”迪娜笑着说，“以为就我恋家呢，不回家就睡不着。这样一来，我更喜欢王子了。”

“难道不喜欢贝壳山？”叶尔勒追问了一句。广明接过话说：“我以为你会说，喜欢我呢。”

迪娜的脸一下就红了，扭过头，俯下身子，捡起王子的缰绳。王子却把脸转过去，目光投向了叶尔勒。迪娜失望地瞥了一眼叶尔勒。

“天有点阴了，说不定有雨。”叶尔勒看一眼天空说，“是该回去了，王子饿了，我肚子也咕咕叫了。”

“现在要是来一桌海鲜大餐就好了。”广明说，舌头不由舔了几下嘴唇，像是刚吃过海螺，顾不上擦嘴巴，嘴角挂着酱汁。

“要不，捡几个贝壳吃，”迪娜笑嘻嘻地说，“先解解馋。”

“这不要了叶尔勒的命。”广明边说边瞅一眼叶尔勒。

“这贝壳都是亿万年前的活物，”叶尔勒说，“你有胆量吃，我才服你呢！这些都是带着记忆密码的神物，吃了受得了？”

“吓死宝宝了。”广明双手交叉拍拍胸脯，做可怜状，降低语气，

“不就说说而已，借我一百个胆子也不敢，大不敬的事情可不能干。”

迪娜笑得合不拢嘴。

叶尔勒在广明后背捶了一拳说：“快上马。”

三个少年风一样飞驰在草原上。

飞向远方

题 记

草原上的日子很慢，每天太阳醒来得晚，睡意来得也晚。叶尔勒希望日子过得快一点，这样一来呢，雏鹰就能快一点长大，自己也能长高些，力气也更大一些。他想早早成为驯鹰人。

叶尔勒是在红山崖发现小游隼的。

小游隼在杂草里，左翅膀能动，右翅膀僵硬。叶尔勒小心地拿起小游隼一看，右翅膀受伤了。

红山崖上有大大小小的洞穴，是许多鸟理想的家，可几年前发生了一次地震，红山崖塌方，许多洞穴消失了。

这红山崖之前没名字，有一个爱鸟的人，得知山崖塌方，鸟无家可归后，大哭了三天三夜，眼睛都哭花了。第四天，这个人徒手爬到崖上去给鸟儿们凿洞，边凿边哭，七七四十九天，鸟洞凿了不少，可这个人的眼睛却瞎了。第五十天的黎明，他从山崖上掉下来摔死了。后来，人们为了纪念这个叫红山的人，便把这里称为红山崖。

这个有点悲壮的故事，叶尔勒是从爷爷那里听来的。当时他心情不好受，总觉得憋得慌，便问爷爷，那红山崖住的是什么鸟。

“老鹰、隼、金雕轮流抢占着住。”爷爷说这话的时候，还往天上望了一眼，仿佛这些猛禽正盘旋在上空。

哈萨克族有驯鹰的传统。叶尔勒的爷爷过去就是一名优秀的驯鹰人。现在不光老鹰、隼少了，金雕也已经很少见到踪迹了。

叶尔勒家的墙上，有一张爷爷举着鹰的照片。爷爷说，那时候，叶尔勒的爸爸差不多跟现在的叶尔勒一般大，他们还住在更远的山里，是在一次地震后，才搬到更为广阔的草原的。如今，算起来已经有三十多年了。

爷爷讲述往事的时候，叶尔勒很乖，挨着爷爷，静静听，他希望自己也能成为一个驯鹰人。爷爷得知他的这个想法后，很欣慰，说："孩子，爷爷支持你，可找一只可以驯化的鹰真是太难了。"

"爷爷，不是说心诚则灵吗?"叶尔勒问，过去他常听爷爷说这句话，牢牢记在了心里。

"傻孩子，这不是心诚的事。"爷爷握着叶尔勒的手说，"这得看天意，不是说你想就能遇到的。"

"天意，就是天的心意?"叶尔勒追问道。

"这么理解也对。"爷爷说。

也是在这次不经意的聊天中，叶尔勒心里有了想飞翔的梦想。

"绵羊的幼羔，我的宝贝，在草地上的小家伙，你在哪里哦，我的小乖乖。"这是哈萨克族民歌，是叶尔勒从爷爷那里学来的。这首歌有好几段，但这段叶尔勒记得最清楚了，每次去放牧牛羊时，叶尔勒都会唱这一段。

家里的羊群少了三只羊，叶尔勒觉得是一家三口。按说小羊更容易走丢，可过去母羊也走丢过。叶尔勒数了两遍，还是少三只，这是大事。

叶尔勒沿着山谷一路找，走着，喊着。平时和羊在一起，唱歌，吆喝，羊儿们都熟悉他的声音，只要听到，一定会有回应，尤其小羊，定有响动的。

叶尔勒只管往前走，在草丛中还发现了一只蓝蜻蜓，真是好看。叶尔勒看了好一阵，蓝蜻蜓漂亮的模样让他暂时忘记了找羊的事情。蓝蜻蜓似乎并不怕他，飞起来，在空中盘旋了两圈，又落在草丛中，进入静止状态，那意思是，我是见过大世面的，不怕你看。

草原上黄蜻蜓、绿蜻蜓、红蜻蜓都见过，可这蓝蜻蜓还是第一次见，很是稀罕。说来也是有趣，蓝蜻蜓似乎想与叶尔勒多玩一会儿，停顿了几分钟，掉头飞了，高度肉眼可见。叶尔勒追着蓝蜻蜓跑，跑半截，蓝蜻蜓又停一下，似乎怕累着叶尔勒。如此飞飞停停。

叶尔勒跟着蓝蜻蜓，跑着走着就到了红山崖。叶尔勒曾跟着爸爸路过这里。看着陡峭的山崖，叶尔勒对着蓝蜻蜓说："要是能捉到一只雏鹰就好了。"他不知道蜻蜓是否听懂了他的话，蓝蜻蜓朝右侧飞去，叶尔勒追了过去，他总觉得今天蓝蜻蜓的出现不同寻常。

风，总是比人更调皮。

突然，风中的异物钻进了叶尔勒的眼睛里。叶尔勒止步，揉了揉眼，跺几下脚。遇到这样的情况，这一办法挺灵验。异物不见了，再看，蓝蜻蜓也不见了。

叶尔勒不甘心，往前走了几步，在杂草丛中发现了一只雏鹰。等待了好一阵，也不见鹰妈妈的影子，天色不早了，他犹豫了一会儿，拨开杂草，双手捧起了雏鹰。

三只羊没有找到，找回来一只雏鹰。叶尔勒向爸爸讲述的时候，爸爸并没有责备他。爸爸仔细检查了雏鹰，确定雏鹰的右翅膀受伤了。不管怎么说，先得养起来，再想办法，总不能饿着这个小家伙。

鹰是食肉动物。院子里有鸡，差不多养了半年，草原上的虫子、草籽多，加之妈妈还每天撒些玉米给鸡吃，一只只体格强壮，跑起来精气神十足。原本爸爸想等到国庆节才宰杀的，可雏鹰得吃东西，喂什么都不如喂肉。过去可以打鸟，套兔子，抓野鸡，眼下这些动物都进了保护名录，不允许捕捉。何况爸爸还是护林员，职责里就有保护动物一项，知法犯法的事情不能干。

爸爸从杂物间拿出过去养兔子的笼子，将雏鹰放进去。叶尔勒已经端来了一碗水，想必雏鹰早就口渴了。

抓鸡的事情自然是叶尔勒完成。爸爸负责磨刀。

爸爸手脚利落，不大一会儿，鸡就收拾好了。爸爸剔下鸡胸肉，切成小块装在盘子里。叶尔勒端着盘子蹲在笼子旁边，打开小门，拿着鸡肉喂雏鹰。雏鹰往后退了一下，脑袋侧了一下，审视着叶尔勒手里的东西。只见它脖子动了两下，往前一伸，没有啄上，脑袋又向左侧探一下。叶尔勒把手又往前靠了一点，轻轻说：“吃吧，鸡肉。”

雏鹰看着叶尔勒，停顿几秒钟，头猛地往前一弹，叼走了他手中的鸡肉，仰着脖子吞了下去。

一次，两次，接下来，叶尔勒喂了好几块鸡肉。爸爸在后面说：“少喂点，别撑着它。”

看到雏鹰开始吃食了，叶尔勒格外高兴。这样，雏鹰就不会饿肚子了，才能一天天长大，成为一只真正的雄鹰，自由地飞翔在蓝天。

爸爸说："不管是人，还是动物，都是自己抚养才有感情。有句话说，谁养跟谁亲。"

"我每天都给雏鹰喂食喂水，"叶尔勒说，"它会跟我亲近的。"

"那是自然的事。过去驯鹰人都会亲自喂养鹰，与鹰建立感情，它才会信任养鹰人，听从养鹰人的指令去捕捉猎物。"

叶尔勒捡到雏鹰的消息很快在村里传开了。老老少少的都跑来看，家里热闹起来。

叶尔勒的爷爷去金山看亲戚回来了，看到雏鹰后，说这鹰养大了是驯鹰的好苗子。

叶尔勒听了这话，可开心了，拉着爷爷的胳膊说："爷爷，我好好喂养鹰，到时候，教我驯鹰吧。"

"你太小，胳膊上没劲，托举不起鹰。"爷爷说。

"我可以练习呀。"叶尔勒一脸认真地说，举起胳膊，捏紧拳头，浑身的劲儿都使出来了。

"瞧把你急的。"爷爷笑着说，"驯鹰是需要耐心和时间的，不是一天两天的事情，等你上初中了，我再教你。"

"那还要好几年。"叶尔勒沮丧地低下头，左手拇指不停地挠着右手背："到时候，雏鹰早长大飞走了，轮不到我了。"

"别这么悲观。"爷爷说，"现在政府重视保护自然环境和动物，跟过去比，野兔子、黄羊、山鸡都多了，鹰也多了。你去放牧的时候，都能看到的嘛。"

这一点，叶尔勒是有体会的。

一次在草原上，叶尔勒有点困了，便躺在高大的白桦林下，迷迷瞪瞪中，觉得脚踝处被什么东西啄食了几次，不痛不痒，转身，继续睡。过了一会儿，手心又被啄食了几下。他睁眼一看，是两只山鸡，一大一小，像是母子俩，真把他当食物了。他并没有惊慌失措地轰走它们，而是静静地看着它们。

山鸡妈妈似乎发现情况不妙，叫了两声，转身走了。小山鸡看妈妈离开了，还有点舍不得，又啄了一下叶尔勒露在外面的小腿，才跟随山鸡妈妈走了。

"驯鹰的人怎么不多了呢？"叶尔勒问爷爷，眼睛里都是跳跃的问号。

"这话说起来可就长了。"爷爷说，"很早以前，哈萨克族在游牧过程中，需要获取很多食物。后来，在放牧中发现，鹰是捕猎的好手。于是，牧民就开始驯化鹰。鹰捕获的猎物丰富了牧民的食谱。这种方式逐渐被牧民接受，得以一代一代传承。”

这时候，外面传来了一阵黑虎的叫声，声音急促。通常，这种声音预示着来了陌生人。它这是在发出警告，提醒主人快点出来。

叶尔勒飞跑出去一看，院门口停着一辆黑色的越野车，从车上下来两个穿制服的人，一个戴着眼镜，一个手提公文包。

“请问，有什么事吗？”叶尔勒站在黑虎前面问，手朝黑虎摆了两下。黑虎明白了他的手势，意思是让它不要再叫唤了。

“我们是动物检疫所的，听说你们家捡到一只雏鹰，来看看。”戴眼镜的男人说，目光扫视了一圈院子。

黑虎哼哼唧唧试探性地想往前靠近，叶尔勒挪动身子，不让它靠前。

“雏鹰在哪里？”提公文包的男人问。

“在牛棚里。”叶尔勒答复着，领着两个人向牛棚走去。

突然，从院子里的大榆树上俯冲下来几十只乌鸦，几个人都傻眼了，从未遇到过这种情况，不知所措。只见乌鸦们像事先商量好的一样，袭击了两个穿制服的人，竟然没有一只乌鸦伤及叶尔勒。

叶尔勒急了，挥舞着手中的拐杖，大声喊道："滚开！他们是好人！讨厌的家伙！"

说来真是奇怪，叶尔勒的拐杖划过的那道弧线，像是放射出了看不见的射线，乌鸦们都仓皇地飞走了。

戴眼镜的人蹲在地上找眼镜，提公文包的人的公文包也丢在了地上，他的手背被乌鸦啄伤了，鲜红的血顺着指缝直流。

没人能说得清，乌鸦为什么会袭击人，过去可从来没有遇到过这样的事，真是太蹊跷了。难道是鹰爸爸或者鹰妈妈通知了乌鸦？可并没有看到鹰的影子。

戴眼镜的人鼻头破了，后颈也流血了。

提公文包的人从包里抽出纸巾塞给戴眼镜的人，说："多亏叶尔勒帮助驱赶乌鸦，要不是他及时出手，伤得一定比现在重，想想都后怕，先回去，改天再来。"

看着两个人上车，飞驰而去后，叶尔勒赶紧到牛棚里看雏鹰。好家伙，它卧在草窝里，安静地打着盹。谢天谢地，安然无恙。

叶尔勒还担心那些乌鸦会危及雏鹰的安全。

叶尔勒心想，看来，乌鸦们并没有打算进牛棚，只是给了穿制服的人一个下马威。乌鸦们知道我喜欢雏鹰，害怕雏鹰被没收了，才齐心来助威的。

爷爷耳朵不太好使了，看电视音量放得很大，外面发生的事情一点也没有听到。爷爷见叶尔勒进来了，问他怎么去了这么久。

叶尔勒把刚才的事情说给爷爷听，爷爷说："真是太奇怪了，乌鸦与鹰是两种飞禽，没血缘关系，乌鸦怎么会无缘无故伤害人，这太不可思议了，几十年都没有的事。"

"爷爷，会不会是乌鸦见到了雏鹰的爸爸或者妈妈，替他们来报信的？"叶尔勒揣测着。

"这说不准呢，"爷爷慢悠悠地说，"人有人言，鸟有鸟语。"

"爷爷，要是雏鹰身体恢复了，是放飞，还是留着？"叶尔勒仰着脸，目光注视着爷爷微红的脸。

爷爷喝着奶茶，目光停留在茶碗里，并没有急着回答这个问题。热奶茶熏得爷爷整个人都焕发了精神，布满皱纹的脸上有了红润的光泽。

草原上的日子很慢，每天太阳醒来得晚，睡意来得也晚。叶尔勒希望日子过得快一点，这样一来呢，雏鹰就能快一点长大，自己也能长高些，力气也更大一些。他想早早成为驯鹰人。

这天晚上，叶尔勒做了一个梦，自家院子的上空盘旋着几十只鹰，久久不肯离开。他跑去储物间拿出爸爸熏好的马肉，切成小块，端出去，扔在院子里。他想，鹰吃饱了，就会离开的。可鹰根本不稀罕马肉，有规律地一圈又一圈飞着。

叶尔勒看了一会儿，就感觉头晕。他心想，不能让它们这么肆无忌惮地骚扰，得想办法驱赶它们离开。他想到了拐杖，急忙进屋拿着拐杖跑出来，在空中挥舞起来。以往，这拐杖总有一种神奇的力量，会帮助他驱赶异物。甚至，在一次落水后，拐杖竟驮着他逃离生命危险。这个秘密，他从来没有跟人说过，包括爸爸、妈妈、姐姐和爷爷。他知道有些秘密一旦说出去就会很麻烦。

令叶尔勒感到奇怪的是，这次拐杖并没有施展它的魔力，对空中的鹰没有一点威慑力。鹰不但没有离开，反倒压低了飞行高度，大有挑衅的意味。

叶尔勒有点害怕了，忙冲院子旁蜷缩在窝里的黑虎喊道：“快点出来，把这些讨厌的家伙撵走，好烦人。”

黑虎听到叶尔勒的声音，懒洋洋地起身，摇着尾巴走过来，在叶尔勒身边嗅了一圈。黑虎发现没有它想要的食物，有点不太满意，瞥了一眼天空，若无其事地钻进红砖砌的窝里，闭起眼睛，不再关心外面的事情。

叶尔勒急坏了，怎么回事，平日里跟自己最亲密的拐杖和黑虎在这个时候都不肯出力，太失望了。

许多事情真是禁不住往深里多想，那是可怕的深渊，能装得下无尽的欲望。

思绪如藤蔓，缠绕在身上，不知不觉会耗尽人的气力。叶尔勒脑袋里的藤蔓结结实实地捆住了他，无力再去思考什么，只觉得人被一种无形的力抽空了，身子一点一点在变薄，薄得跟纸张差不多时，被一阵风吹起来，附着在床头的拐杖上。

拐杖倒是没有嫌弃他的轻薄，甘愿让这张轻薄的人身在这里寻找依靠和支撑。

叶尔勒安然地睡着了，一脸的踏实。

天快亮了，叶尔勒隐约听到一个声音在呼喊他的名字：“叶尔勒，叶尔勒。”叶尔勒仔细辨认，不像妈妈，不像爸爸，也不像爷爷，更不是姐姐，还会是谁呢？

“叶尔勒，起床了，快去上课，好好学文化，你不是想开飞机，飞向远方吗？可不能睡懒觉呀！”

“我想当一名驯鹰人。”叶尔勒说，“我已经有一只雏鹰了。”

“嗯，想法不错呢。驯鹰是过去食物匮乏时，借助鹰来捕猎，解决食物短缺的问题，可如今，牧区人的日子一天比一天好了，不需要驯鹰人了。少年要有更远大的理想。”

“你是谁？”叶尔勒追问，可眼睛却睁不开。

“我是谁不重要，重要的是你不要丢了梦想。外面的世界很大，等你去认识，等你走进，成为你想要的样子。”

“快告诉我，你是谁？”叶尔勒急切地问。

可四周静悄悄，只能听到自己的呼吸声，再听不到一点其他声音。似乎，整个世界只有他一个活物。

叶尔勒还是醒来了。

没法不醒来，一波又一波的鸟叫声，早叫醒了妈妈。妈妈起床后不久，叫叶尔勒起床，去河里提水。

刚吃过早饭，姚亮来了，他是来草原勘测的。姚亮手里拿着一个一米多长的卷起来的东西说，他要回单位了，把宿舍的这张地图送给叶尔勒。

“地图。”叶尔勒重复了这两个字。

“这可是个好东西呢，”姚亮说，“通过地图可以了解外面的世界。来，我帮你贴到墙上吧。”

“那就贴到叶尔勒的房间，”爸爸说，“他看起来方便。”

“这是一张中国地图。”姚亮贴好了说，“叶尔勒快找一下，萨尔曼村在哪里？”

叶尔勒搬来小板凳，站上去，仔细看地图上不大的字，寻找着，可怎么找都没有找到。他皱起眉头说：“这么大的村子，怎么会没有呢？”

“再好好看看，”姚亮说，“萨尔曼大阪能找到吗？”

叶尔勒扩大了找寻的范围，终于找到了一条弯弯曲曲的线条，很松散地写着很小的几个字：萨尔曼大阪。可村子的名字终究没有找到。他有点失望，转过脸问：“姚叔叔，为什么找不到村子和学校？”

“全国大得很，大城市在地图上也只是一个小圆点，”姚亮说，“还有大江大河大山大平原大盆地呢。”

“孩子不急，”爸爸看着叶尔勒一脸茫然的样子说，“将来你上了大学，到外面去了，就能看到更远的地方，更大的城市，更高的山，更宽的大河，更大的草原了。”

“还有比萨尔曼草原大的草原吗？”叶尔勒用惊奇的眼神看着姚亮，似乎想从他那里得到准确的答案。

“当然，”姚亮回答得很果断，“不信，你去看了就知道了。不过离这里可真是够远的了，坐飞机也要五六个小时，甚至更长时间呢。”

“爸爸，你支持我到很远的地方去吗？”叶尔勒又将目光落在爸爸的脸上。此时他心里有些激动了，只要有了爸爸的同意，他一定要去远方看看。

“孩子，只要你有这个能力，我们全家都支持你。”爸爸说，“哪怕去更远的国外，都支持你。”

“没想到你这么开明。”姚亮向叶尔勒的爸爸竖起大拇指说。

“时代不一样了嘛。”叶尔勒的爸爸说，“我没有多少文化，叶尔勒要有文化，那样才有出息，才能找到一个好工作，日子才会更好。”

“爸爸，等雏鹰痊愈后，我们一起把它放回山里，让它和鹰爸爸、鹰妈妈团聚。”

“等到那时候，它就该独立生活了。”爸爸说，“长大了，不能再依靠爸爸妈妈了。”

姚亮走后，叶尔勒照例去给雏鹰喂食。他对雏鹰说：“我很喜欢你，之前想训练你，可现在我改变主意了。我们会放你回到大自然中去，希望你找到你的爸爸妈妈，也希望你成为一只真正的雄鹰。”

“你属于天空。”叶尔勒大声说。

说来有趣，雏鹰看到叶尔勒后，不急着吃食物，伸着脖子，眼睛盯着叶尔勒，很乖地听叶尔勒说话。以往，雏鹰看到叶尔勒都是迫不及待的样子，只顾着吃食，没把他当回事。有时候，它还会用喙去试探性地啄他伸过去的手。

看起来，雏鹰也预感到有什么事情要发生。

在接下来的一段时间里，叶尔勒迷上了地图，知道了北京、上海、杭州，还在地图上找到了姐姐读书的福建漳州，知道了比陆地更大的是海洋。他萌生了去看大海的想法。这个想法不是现在才有，过去就有。现在，这个想法追赶着他，让他恨不能现在就出发前往。

这个想法很快被班主任老师阿依努尔知道了，她把叶尔勒叫到办公室，指着墙上的世界地图说，看到了没有，比海洋更大的是天空，飞到天上，地面上的一切都是渺小的。

“鹰在空中，看草原上的房屋、牛羊也都很小，是吗？”叶尔勒问班主任，他心里还是惦记着鹰呢。

阿依努尔说：“飞得越高，看地面上的物体就越小。”

“明白了。”叶尔勒答道。

“老师，请问您是从哪个大学毕业的？”叶尔勒突然向阿依努尔抛出了一个从来没有问过的问题。显然，这是他迫切想知道的。

“我呀，是中央民族大学毕业的，在北京读了四年书，毕业后回来当老师了。”阿依努尔说，“北京是祖国的首都，那里还有著名的清华大学、北京大学等知名学府呢。”

“我能到北京去上大学吗？”叶尔勒说出这句话时，似乎有点不好意思了，抿着嘴巴，低下头，生怕自己问错了话。

“你是个聪明、勇敢、善良的孩子，别说北京了，就是世界一流大学的门都向你敞开着呢。”阿依努尔说的时候，满眼都是欣喜。

“我想起来了，中国航空航天大学就在北京。”叶尔勒欢喜地说，“那里是培养航天人才的地方。”

“对呀，”阿依努尔说，“想当飞行员、航天员就上这所大学，你是不是有这个想法呢？”

“我，我……”叶尔勒连说了两个“我”，声音放低下来，两只手不停地搓着，不敢往下说了。他担心说出来，将来要是考不上，那真是太丢人了，不知道有多少人会笑话呢。

“你是想报考航空航天大学，对吗？”阿依努尔蹲下身了，握住叶尔勒的手，“你能行的，我相信你。”

“我想飞向远方。”叶尔勒说着，抱住了阿依努尔，眼泪涌出眼眶，滑落到阿依努尔的肩膀上。他没有想到班主任老师对他这么有信心。老师的话像太阳，令他全身由内到外都暖洋洋的，有种说不出的幸福。

那天放学时，叶尔勒挥舞着手里的拐杖，心里无比激动。他跑在宽阔的马路上，放声大喊：“飞呀，飞得比鹰要高。”

天下总有许多奇妙的事情，叶尔勒手里的拐杖不知不觉变成了一只鹰，驮着叶尔勒越飞越高。叶尔勒俯视地面，马路跟妈妈缝扣子的线一样，房屋只是一个小点，树木、草原已经无法分辨，只是一片绿。

“嘿，想带我去哪里？”叶尔勒大声问。他的身边是流动的云。云儿都含笑地看着他，似乎早就在这里等候他的到来，没有一点意外和惊奇，淡定、从容。

“想去哪里？带你去。”一个清亮浑厚的声音传来，很熟悉。叶尔勒侧耳，努力捉住声音的尾巴，像是爷爷的声音，但又不像。会不会是雏鹰爸爸呢？他想到这里，说：“如果可以，我想带着雏鹰一起去远方。”

天边燃起了一抹红霞，热烈炫目。鹰突然加速了，奋不顾身地冲进了红霞中。

礼　　物

题记

车辙是路的标志，过去很久都是以此判定路的方向。在这里几乎看不出车辙的清晰模样，似乎是被顽皮的孩子扬起一把沙土，瞬间抹平了人们走过草原的痕迹。

霞光如酿好的红酒，在杯里荡来荡去，慢慢滑入口中，漫过喉，进入胃，像是一次不经意的旅行。不知不觉间，阿米娜的眼睛有点模糊，半个落日出现重影。阿米娜双腿发软，微醺的身子，向下，再向下。阿米娜潜意识中，想躺着，似乎有一只手挽住了她的胳膊。阿米娜沉沉地睡去了。阿米娜跟爸爸妈妈第一次来到萨尔曼草原。出发前，阿米娜还在犹豫要不要来，她晕车，出门是件痛苦的事情。可爸爸说，要去的那家有个男孩叫叶尔勒，跟她一样大。阿米娜一听有伙伴可以玩儿，吃了晕车药就出发了。

出发前，阿米娜拿了一个手鼓，想送给那个未曾谋面的伙伴。手鼓是维吾尔族人喜欢的一种乐器，每次不管大大小小的聚会，打起手鼓时，大家就会一起唱歌、跳舞。阿米娜喜欢这种热闹。

叶尔勒的家在萨尔曼草原深处。他家有两个牧场，一个是夏牧场，另一个是冬牧场。两个牧场相隔上百公里呢。

一大早，叶尔勒的爸爸就告诉他，阿米娜一家会来。之前叶尔勒没有见过阿米娜。阿米娜是高个子，还是矮个子？是短发，还是扎着马尾？一切都在猜测中，想象不出她的样子。

叶尔勒的爸爸是护林员，工作忙起来的时候，叶尔勒会帮着妈妈照看家里的羊、马和骆驼。

最初，叶尔勒家并没有养骆驼，这两三年，常有进山的游客买馕的时候，会问有没有骆驼奶。既然有需求，就有市场。叶尔勒的爸爸就想养骆驼了。自家草场有七八百亩，养几十只骆驼没有问题。

叶尔勒的妈妈也赞成。这么一来，叶尔勒家在冬牧场就会住一段时间。这地方的骆驼刺、红柳、白刺、罗布麻、野西瓜、沙拐枣、肉苁蓉、骆驼蓬等都是骆驼爱吃的植物。

阿米娜跟着爸爸妈妈走的是老路，穿过夏牧场，过卡拉斯大桥，一路向北，就到了叶尔勒家的冬牧场。虽说是冬牧场，并不是说到了冬天才过来，而是九月份就到这里了。

这里盖了两间房子。房子后面是木栅栏围的骆驼圈舍，简单、朴素。

阿米娜不是第一次到草原，可来萨尔曼草原的冬牧场是第一次，脸上洋溢着难以抑制的兴奋。

草原大得很，一眼望不到头。天地间，一辆车跟一只甲壳虫差不多，甚至就是一枚石子、一块土疙瘩。如果不是有公路作为参照，就辨别不出自己在哪里，面朝什么方向。

阿米娜一家遇到岔路，走错了路，没有信号，手机无法导航。阿米娜却一点也没有埋怨爸爸，反正总能到的。

阿米娜的肚子一直在叫，这声音似乎打破了车里不安与焦躁的气氛。阿米娜的妈妈说："包里有馕，吃几口。"

在众多馕里，阿米娜喜欢吃皮牙子馕，刚烤出来最好吃。阿米娜用消毒湿巾擦了手，掰了一块给妈妈，又掰了一小块送进爸爸嘴里。开车的司机是爸爸的朋友王叔叔。爸爸不会开车，每次出去大多都是王叔叔开车。

路不好走了，车子颠簸得厉害。人在吃饱的时候，容易犯困。阿米娜喝了半瓶可乐，想清醒些，不愿意错过路上的风景。

狂风裹挟着尘土，撕裂了阿米娜对草原的种种美好向往。车子颠簸在辽远空旷的草原上，找不到一样眼睛能抓住的物体。相貌古怪的榆树、挺拔高耸的白杨、婆娑的柳树等都不见踪影。风给灰白的蒿子穿上一身土黄色的外衣，与土褐色的大地浑然一体。车窗外，一片死寂，似乎生命在此销声匿迹。

单调乏味令视觉疲惫，阿米娜正欲眯眼打盹，一股黄色龙卷风拔地而起，阿米娜兴奋起来，目光锁住龙卷风，看着这个滑稽、魔性的庞然大物肆意地表演。

司机王叔叔一踩油门，车子加速，似乎要与龙卷风一较高下。其实不然，龙卷风似乎无视阿米娜一家人的存在，一路向北，继续狂舞前行。

车里的几个人不约而同地身子都向前倾，一个左转，车子向西挺进无尽的地平线，龙卷风被车抛到身后。就此告别难得一见的龙卷风吗？不甘心，扭头去追龙卷风，却已看不到。

阿米娜的目光快速移动到倒车镜里，只见一个拇指大的黄点被甩在车后。

阿米娜透过车窗直视前方时，尘土漫天，无法分辨路的方向，无法分辨天的颜色，无法分辨草的模样。

车辙是路的标志，走了很久都是以此判定路的方向。在这里几乎看不出车辙的清晰模样，似乎是被顽皮的孩子扬起一把沙土，瞬间抹平了人们走过草原的痕迹。

在阿米娜的印象中，龙卷风声名狼藉，但凡龙卷风走过的地方，大树会被连根拔起，屋顶卸甲，街区凌乱，甚至会发生人员伤亡。每每遇到龙卷风，都会人心惶惶。

在草原遇到龙卷风，阿米娜是第一次。

阿米娜跟着父亲去过西藏、甘肃、内蒙古，她认为车辙是一双手，会指引着自己走向一个未知世界，走向一个广阔天地，会是一次意想不到的经历，一次别开生面的旅行。

对于眼前看不清的车辙，阿米娜心里依然充满期待，虽然这里并无群山遮目，但茫茫黄沙帐后，到底是怎样的风景，到底会有什么事情发生，一切如谜，一切有待揭开，一切有待体验。

草原跟人一样，有不同的样貌。通常人们印象中的草原是绿绿的，有没过脚踝的草，甚至是一米多深的草。草原鲜花遍地。马儿、羊儿、牛儿们在草原上自在地吃草。不远处的山坡，或者河岸边，散落着白色的毡房，袅袅炊烟升起，满眼都是宁静安逸的画面。

这样的草原更多在电视里出现，在景区宣传短片里一次次被展示。这样的草原好像是一个充满朝气、活力四射的姑娘，没有人不喜欢，也会给人许多想象。

车辙领着阿米娜继续深入叶尔勒家的草原。

差不多下午四点了，车子停在一栋孤零零的小屋前。外墙没有上泥巴，也没有粉刷，露出褪色的红砖。

车子刚停稳，阿米娜的目光牢牢锁定在小屋，房门开了，出来了五个人，四个大人和一个男孩。

最先下车的是坐在前排的阿米娜的爸爸。接着阿米娜的妈妈整理了一下玫瑰花丝巾后，从左侧车门下去了。阿米娜背起印有一只小鹿的双肩背包，手拿手鼓，从右侧车门踩着脚踏板跳下来。

阿米娜的妈妈与戴着蓝头巾的女人拥抱问候后，转身招呼阿米娜。阿米娜羞怯地看一眼男孩后，向女人问好。那女人上前一步，蹲下身子说："早就盼着你们呢。"

女人站起身来，拉过身边的男孩说："叶尔勒，带她进屋，吃点东西。"

阿米娜将手鼓往前一伸对叶尔勒说："送给你的礼物。"

叶尔勒接过来，试着拍了两下，并没有拍响，有点不好意思地说："我不会玩儿，谢谢你的礼物。"

大人们在说话。阿米娜坐在炕沿，向窗外张望。小小的房间，装不下她好奇的心。

这时候，叶尔勒进屋来，放低声音说："带你去看看黑虎。"

阿米娜扭头看了一眼正在喝奶茶的妈妈。妈妈说："去吧，多认几种草，几样动物。"

"黑虎"是一条牧羊犬，浑身一色黑毛，显得眼白更加白了几分。它看见叶尔勒，欢实地摇着尾巴，抬起前爪，要把叶尔勒按倒在地的架势。叶尔勒迎上前去，黑虎的头靠在叶尔勒肩膀上，像是叶尔勒见了新伙伴，冷落了它似的，有种难言的委屈，又有一种难舍的依恋。

阿米娜起初有点害怕。她上幼儿园大班的时候，被小区院子里的一只狗从后面追来，咬伤了她的右腿。当时，她吓得叫不出声来，直到院子里的阿姨呼喊阳台上做饭的母亲，才意识到要赶紧去医院打狂犬疫苗。这次经历后阿米娜就不敢再亲近狗。

“别怕，有我呢。”叶尔勒拍了拍胸脯，貌似他已经是大小伙子了，有什么危险，他都能抵挡、化解。

叶尔勒伸开胳膊，拥抱了黑虎，摸着它的头说：“来客人了，不许你吓着她。”

“嘿，乖一点。”叶尔勒顺着黑虎的头抚摸到背部，安抚了几下。黑虎歪着头看一眼阿米娜，并没有打算要亲近一下客人。黑虎听了叶尔勒的话，前爪从叶尔勒身上滑落在地，不甘心地晃着脑袋，围着叶尔勒绕了好几圈。看得出，黑虎与叶尔勒感情有多深。阿米娜有点羡慕，羡慕在宽广的草原上，人与动物自由相处，不需要戒备，天然地成了好朋友。哎，这在城里真是不能想象。

叶尔勒提议去荡秋千。阿米娜好奇，并没有发现秋千的身影。叶尔勒指着房子左侧高高竖立起来的木杆说："那是我爸爸的功劳。"

阿米娜坐在简易的秋千架上，叶尔勒从后面推。黑虎蹲守在一旁，目光顺着扬起回落的秋千移动。

阿米娜在小区院子里常常荡秋千，可在草原上荡秋千是第一次。

"在夏牧场，也有一个秋千，但没有这个高。院子里有好几棵大榆树，长得遮天蔽日，没法竖更高的杆子。"叶尔勒说着，又将阿米娜推了出去。阿米娜开心地笑着说："身体交给天空，有飞翔的感觉，这在城里很难体验。"

"这不算什么，要是冬天，在山区滑雪，那感觉才痛快呢！"叶尔勒的声音有点大，黑虎以为发生了什么事情，向秋千靠拢来。阿米娜并没有表现出害怕的神情，一直看着黑虎。黑虎莫名地望着叶尔勒，期待他的指令，并没有关注阿米娜。

"跟我们走。"叶尔勒说完，看一眼阿米娜，"它帮家里放牧已经三年了，从来没有伤过人，倒是一次返回途中，不小心掉进地沟里，伤到了左后腿，现在走起来都有点跛。”阿米娜回头看了一眼跟在身后的黑虎。黑虎也正看着她，目光温和。阿米娜对黑虎多了一分喜爱。

“看，壁虎。”叶尔勒停住脚步，指着一丛骆驼刺说。阿米娜的目光顺着叶尔勒的声音追过去，一只不大的动物静静趴在地上，尾巴向右弯着。它的身子一动不动，似乎感知到了人们目光的温度，在等待下一步。

“它的尾巴很厉害，断了也不会流血，过不了多久会再次长出新的尾巴。”叶尔勒蹲下身子，顺手从地上抓了一把沙土，以壁虎为中心，撒了一个不规则的圆圈。壁虎一动不动。

“别打扰它。”阿米娜边说边按下叶尔勒的胳膊。

“没有伤害它的意思，就是跟它玩一会儿。”叶尔勒笑一下，站起身来，“走，前面有条干枯的河床，有许多石头。”

阿米娜放目远眺，远处一群羊蠕动着从天边而来，如潮水般缓慢移动，似乎它们不急着赶着天黑之前到羊圈，也不急着在最后一抹晚霞散尽后，见到想念它们的叶尔勒。

霞光拉长了阿米娜的身影，如一把尺子，丈量草原。阿米娜踮着脚，想看看到底有多少只羊。阿米娜把脖子伸长，羊群在阿米娜的视线里只是一条线，一条模糊的线，数量对阿米娜来说是一个谜。

“叶尔勒，有多少只羊?”阿米娜好奇地问道。

“全部有三百多只呢!”叶尔勒神情激动地说。阿米娜猛吸一口气，说：“呀，这可不少了。”那么远，什么时候才能走到跟前呢？阿米娜心里嘀咕着。

阿米娜将目光挪离羊群，转身发现右侧一百多米远的地方，一处简易的栅栏里站着一只双峰驼。显然，这个大家伙比河里的石头更具有吸引力。石头再好，不过是石头，没有呼吸，没有体温，骆驼可就大不一样了。

霞光给地面铺上了一层丝滑的地毯，藏在蒿草中的沙粒不再硌脚，泛着光，成为装饰地毯的一部分。

阿米娜朝驼栏奔去。

这时候，阿米娜的爸爸拿着相机过来了，看得出，他要给骆驼们拍照。阿米娜的爸爸是个摄影爱好者，工作之余喜欢到处跑。爸爸告诉过阿米娜，山西往北是内蒙古草原，那里也有骆驼。早些年，驼客穿梭往来，骆驼成为重要的载货交通工具。由驼客带来的信息，经过不断演绎，成为不同版本的故事，沿途广为流传。

阿米娜手扶栅栏，与栅栏里的骆驼们相互凝视。此时无须懂得彼此的语言，阿米娜在审视骆驼，骆驼同样也在揣摩阿米娜。

叶尔勒说：“这个家伙脾气可暴躁了，爸爸打算过些天卖了它。”

阿米娜无法判断骆驼的脾气秉性，她眼里骆驼都一个模样，只是体格大小不一样罢了。

阿米娜想摸一下骆驼，正在抓拍的阿米娜的爸爸说：“别看骆驼温顺，要是惹恼了它，脾气大着呢！”阿米娜听后不想冒犯骆驼了。

阿米娜扫了一圈驼栏，成年骆驼有二十七八只，乳驼有十一二只，在稍远的地方，还有十来只正在觅食的骆驼。如此粗算一下，叶尔勒家有近六十只骆驼。

叶尔勒的妈妈库来汗将一根绳子拴在乳驼的颈上，牵着绳子往出拽。乳驼步子迟缓，一副不情不愿的样子。叶尔勒挥舞着木棍，落在乳驼屁股上。木棍举起很高，落下来很轻。看得出，叶尔勒心疼乳驼，只是想做个姿势吓唬一下，希望乳驼配合妈妈。库来汗笑盈盈地看看乳驼，又看看阿米娜。库来汗对乳驼充满耐心，手握绳子继续往栅栏处挪动步子。

一头更为健壮高大的骆驼高昂着头，神态威严。阿米娜猜想，它应该是这个骆驼家族的族长。它久久地遥望着远方，一动不动，像是思考一个重大的问题。这种不动声色的神态一下子扩展了草原的天空，仿佛草原的辽阔是它和它的同伴们慢慢看出来的。那从容不迫的眼神，把整个草原全部融化到眼眸里。库来汗抚摸了它的腹部，抬头看了看它，并没有说话。又一阵风瞬间吹过它的双峰，一种缓缓弥漫的安静从它眼睛里一点一点渗出来。此时，阿米娜的眼睛发热，真不忍再看下去。阿米娜的目光落在库来汗的右手上。库来汗握紧骆驼那饱满的乳房不停地挤奶，富有节奏且有力地重复着一个动作。一股白色的带着奶香的液体流进桶子里，那声音像是连绵雨季才有的“刷刷刷”。这种声音叶尔勒听习惯了，不觉得有什么，跟骆驼的嘶鸣声一样熟悉，甚至许多时候被忽略，可阿米娜却觉得很新鲜。阿米娜突然意识到，高大的骆驼跟人是一样的，是妈妈的乳汁养育了自己，只不过自己居住在温馨的家里，而骆驼是以草原为家。

阿米娜顺着这个思路继续想了下去，面无表情，呆立在原地。

叶尔勒向阿米娜靠近一点说：“从母驼开始产奶，驼奶就是家里重要的收入来源。”他每天早早起来帮妈妈挤驼奶，每天能挤二十多公斤，按照目前的收购价，每公斤驼奶四十元算，每天驼奶的收入在八九百元。

阿米娜从小在城里长大，家里也没有亲戚在牧区，但只要有机会去草原，她就不会错过。在她眼里，草原的动植物都很有趣，这是城市无法给予她的。

阿米娜的爸爸对叶尔勒的爸爸说：“市面上有些驼奶粉价格很诱人，但不敢买。”

叶尔勒的爸爸脸色凝重地说：“这几年，驼奶的保健价值慢慢被消费者认知，一时间，驼奶粉走俏，价格飞涨。各种品牌的驼奶粉铺天盖地。价格低得诱人的驼奶粉，其纯度怕是令人怀疑。”

叶尔勒走过去，提起妈妈刚挤好的驼奶桶往家里走，对阿米娜说：“走，去尝尝新鲜驼奶。”几个人回去坐在炕上，一人一碗。叶尔勒的爸爸从冰柜里拿出冰镇过的驼奶，又给大家每人倒了一碗，阿米娜初次品尝冰凉的驼奶，将碗口放在唇边，停顿一下，看了看，又闻了闻。叶尔勒的爸爸笑着说："放心大胆地喝，一点问题没有。"阿米娜的爸爸喝完驼奶顺势擦一下嘴角，放下碗就跑出毡房外。阿米娜知道爸爸想再去拍几张照片。

此时，叶尔勒神秘地对阿米娜低声说："妈妈给你们清炖了羊肉，还做了肚包肉。"

阿米娜在城里吃过拳头大的肚包肉，肉切碎拌上洋葱包进肚子里，用线缝制包扎好，是煮熟的，并非烤熟的。

叶尔勒的爸爸在阿米娜一家来之前就已将一头羊宰杀完毕，后腿上的肉剔下来做烧烤，肋条已分割成块，下锅清炖，一部分肉切块装进洗干净的羊肚里。

阿米娜悄悄问叶尔勒："在哪里烤肚包肉？"叶尔勒保持神秘感，笑而不答，右手指向前方。阿米娜顺着叶尔勒手指的方向望去，几十米远的地方，叶尔勒的妈妈和爸爸蹲在地上。难道他们在烤肚包肉？没灶没锅，怎么烤？一连串的疑问，推着阿米娜好奇地走过去。

地上已经挖了直径六七十厘米的土坑，土坑里填了一半细软的沙子。土坑旁边是烧透的无烟煤。叶尔勒的爸爸说："沙子是从十几公里外的沙山用摩托车驮来的。先用烧红的无烟煤将沙子烧透，再把洗干净的羊肚里塞入羊肉，包裹上一层锡纸，最后将羊肉放入沙坑中，用沙子的热量煨烤至熟透，大约需要两三个小时。"

打发时间最好的办法是做喜欢的事情。阿米娜还想去看乳驼。叶尔勒跟在阿米娜的身后。这会儿乳驼对阿米娜这几个陌生的面孔已熟悉了，泉水般的眼睛，与阿米娜的目光相对。它并不慌着躲避，只侧脸忽闪着眼睛，观察阿米娜的一举一动。

"骆驼是双眼皮呀!"阿米娜的惊喜溢于言表。

"不光骆驼是双眼皮，牛、马都是双眼皮。"叶尔勒伸手摸了一下乳驼的耳朵得意地说。

这乳驼并不惧怕叶尔勒的骚扰，头轻轻一甩，样子憨萌，惹得人不禁想再抚摸它。乳驼脖子上的绳子拴在栅栏上，"一"字排开站立。乳驼那柔软的绒毛在风中摇摆舞动，耳朵不时扇动几下，像是在听叶尔勒和阿米娜的对话。

此时，没有人高声喧哗，几人身披霞光，或依靠在栅栏旁，或挽着胳膊瞭望远方，背景则是骆驼家族。

在叶尔勒的前方几百米处，有几只成年骆驼悠闲地吃着草，不时抬头望一眼阿米娜，之后低头继续吃草。阿米娜向着成年骆驼走过去，随意踢了脚掺杂在蒿草中的沙石，又觉得有点失礼，心想，会不会影响它们吃草，会不会蹭破它们的嘴唇。

“告诉你吧，驼唇好似自带感应器，触及贴近地表的草时，力度掌握得恰到好处，只将蒿草最健壮的部分卷入口中，不会连根拔起。”叶尔勒说着，弯腰拔了一支蒿草给阿米娜看。阿米娜闻了一下，这草有股咸涩的味道，一点也不好闻，但它是骆驼的最爱。

不远处的成年骆驼、身后的乳驼，以及叶尔勒、阿米娜一行人，站在晚霞中光芒耀眼。风从草原吹过，尘土、蒿草以及驼奶、粪便、夕阳的味道，随风迎面扑来，将阿米娜裹住，动弹不得。如此，阿米娜并没有觉得拘束，反倒有种难得的轻松惬意。城市里弥漫着汽油味，人的味觉都混沌麻木了，是草原的气息重新唤醒了阿米娜的嗅觉。

“叶尔勒长大了会去城市吗？”阿米娜的声音像是炮仗炸响在空气中，余波传出去很远。

叶尔勒没有看阿米娜的脸，目光留在乳驼的眼睛上。他忽闪着长长的睫毛，似乎在一堆答案里寻找合适的词。阿米娜看着叶尔勒的侧脸，轮廓清晰得像是一幅剪影画。叶尔勒低下头说：“我心里有点矛盾，想留在草原，又想去城里。我想当一名足球运动员，将来可以去比赛，但爸爸想让我成为一名赛马骑手。”

“我想当医生，做一名拿手术刀的医生。”阿米娜很坚定地说。

“这么巧，我姐姐也想当医生，但她没说要当拿手术刀的医生，她想去大城市。”叶尔勒说着，左脚使劲碾碎了几粒干瘪的羊粪粒。

“做想做的事情。”阿米娜说着，握着绳子看着低头的叶尔勒，“反正有的是时间，考大学还有几年呢，慢慢想，来得及。”

“孩子们，羊肉熟了。”传来叶尔勒妈妈的声音。

阿米娜的爸爸和妈妈、司机王叔叔已经上了铺有巴旦木花床单的炕上。率先端上来的是热气腾腾的手抓羊肉。叶尔勒的爸爸坐在阿米娜爸爸的旁边。冒热气的羊头放在手抓肉的上面。这里要举行一个仪式，叶尔勒的爸爸请尊贵的客人，也就是阿米娜的爸爸在羊头上划开一个“十”字。叶尔勒的爸爸则会将羊脸上的一块肉割下来亲自送到尊贵的客人手里。此刻，叶尔勒的爸爸把肉放在指尖伸过来给了阿米娜的爸爸，阿米娜的爸爸满脸幸福地吃了下去。羊耳朵则割下来送给席中年龄最小的阿米娜，寓意乖巧听话。阿米娜是十二月出生的，比叶尔勒小几个月。

叶尔勒坐在靠着阿米娜的位置。肉被一块一块分给了在座的人。阿米娜拿着一根羊棒骨，上面有一块结实的肉，红嫩鲜亮，很诱人。阿米娜家里也常做清炖羊肉，但味道跟这里的还是有明显的不同。草原上煮肉，要把羊头羊蹄子羊肝羊肺羊心全部放在一个锅里煮。也就是说，整个羊放在一个锅里煮。在城里，几乎不会这样。平常一家就几口人，根本吃不了一只羊。再说了，家里的锅都不太大，也装不下一整只羊。草原上款待尊贵的客人，必须要宰羊，这是传统习俗，一直这么延续下来。

叶尔勒的爸爸又打开了一瓶酒，给每个人都倒了一碗酒。阿米娜看得有点傻了，喝奶茶的碗，怎么倒满了酒，这样很快会醉的。往常在家里，爸爸也喝酒，但喝的是啤酒，顶多两瓶，喝完就躺在沙发上呼呼睡着了。

阿米娜担心的眼神被叶尔勒的妈妈瞧见了，安慰说："少喝点，都高兴一下。"

开始进入喝酒环节了。阿米娜的爸爸平时寡言少语，这时眼睛放着光，说话时眉毛在跳舞似的，手也不停地比画，兴奋得无法控制情绪。阿米娜看得出爸爸今天是真放松了。

吃饭的时候，擅自离开是不礼貌的。阿米娜从小就知道这个规矩，但又觉得大人们说话时不能插嘴，很不自在。叶尔勒悄声说："一会儿吃完肚包肉，我们出去玩儿。"

"来了来了，肚包肉来了。"叶尔勒的爸爸端着一个大盘放在炕沿上，盘里羊肉的香跟清炖羊肉是两种截然不同的香味。肚包肉的香夹杂着皮牙子（洋葱）和调料的味儿，香气更浓郁丰富。叶尔勒的爸爸拿着刀分割肉块。刚烤熟的肉，很烫。他拿刀割肉的速度极快，若是生手，怕会烫着手。他的动作十分帅气。他将分割好的肚包肉分发到每个人手里，热情地说："趁热吃，香！"

香是需要味蕾检验的。"好吃！"阿米娜的爸爸走南闯北吃了不少美食，兴奋地说，"真香！"

阿米娜接过肚包肉，塞进嘴里，腮帮子鼓起来，肚包肉的香味已经俘虏了她，皮脆肉嫩，肥而不腻。阿米娜觉得这是草原赐予人类最好的礼物！满屋子都是肉香酒香，还有一些其他的香跻身其中。阿米娜已经闻不出妈妈临出门时喷的香水味了。

叶尔勒的爸爸脸红了。阿米娜再看爸爸的脸，一样荡漾着红波。这时候，叶尔勒的爸爸又打开了一瓶酒。阿米娜的妈妈死死盯着阿米娜的爸爸看，可阿米娜的爸爸的目光焊在酒瓶上，根本没有理会那充满愠怒与遏制的目光。叶尔勒的妈妈将一块包尔萨克（一种油炸的面食）递到阿米娜的妈妈手里说："这是我早上现炸的。"阿米娜的妈妈接在手里时，目光又扫了一眼阿米娜的爸爸。"出来玩儿就要开心，让他们喝好就不喝了。"叶尔勒的妈妈说话语调轻松，神态从容。

阿米娜不想待在房子里，有点憋闷。何况，叶尔勒早就出去烤肉了，得去看看烤得怎么样了。

叶尔勒坐在屋外烤肉，阿米娜蹲在他身边，声音低缓地说："等放寒假了，去我家玩儿。"

叶尔勒快速转动眼珠，似乎在消化其中的含义。叶尔勒说：“草原已经有人用无人机放牧了，看着很酷。”

“难道你要留在草原，一直放牧？”阿米娜用怀疑的语气问。

“科技发展太快了，还不知道过几年会是什么样子，反正草原永远是草原。”叶尔勒说着，拿木棍拨动一下即将燃尽的木炭，往烤肉槽子中间聚拢一下。叶尔勒手里还有七八串肉。

“给我烤一串不放辣椒，不放孜然，只放一点点盐的原味烤肉。”阿米娜说着，坐在地上。

叶尔勒低头吹了一下槽子边的灰尘，将肉串放在槽子上说：“草原上的人越来越少了，跟我姐姐一样大的哥哥姐姐，或者比她大几岁的人，一个接一个到城里或者更远的地方打工。爷爷希望我留在身边。”

阿米娜从盐盒里舀了一小勺盐，倒在左手心，用右手拇指和食指捏了一点撒在肉串上，肉串发出刺啦啦的响声，肉块与盐结合得热烈欢腾，让人顿时有了食欲。“等我放假，还会来草原找你玩儿。”

“下次，我带你去看摩崖，那里有许多岩画，岩画上有山羊、有狗、有猎人，还有大头鹿。”叶尔勒说着，将一串烤肉递给阿米娜。

“闻着都香。”阿米娜笑着接过来，但铁签柄有点烫手，差点掉下去。

“都怪我粗心，应该稍微凉一下再给你，手上烫出泡可麻烦了。”叶尔勒歉意地说，抽出一张餐巾纸塞进阿米娜的手里。

“走了，我们要赶月亮出来之前走上大路，不然会迷路的。”阿米娜的爸爸晃着身子，站在门口冲这边喊道。

“你放假了来城里找我吧，我们一起去欢乐谷，那里有许多好玩儿的项目。”阿米娜看着叶尔勒有点疲惫的脸说。

叶尔勒没有接阿米娜的话，从口袋里掏出一块石头，说：“给你的礼物。这是我在呼尔河滩捡来的，上面有图案，很神奇，没事了看看，挺好玩儿的。”

阿米娜看了一下鸡蛋大小的石头，通体青绿色，上面有两条白色的线，好像是两条滔滔不息奔腾的河。阿米娜说：“花钱买不来的礼物，我喜欢。”

王叔叔已经发动了车，车灯刺眼，似乎与草原的宁静格格不入。

叶尔勒的妈妈给阿米娜的妈妈披了条蓝底印有玫瑰花的方巾。这是哈萨克族的礼节，第一次来家里的客人都要赠送礼物。叶尔勒的妈妈跟阿米娜的妈妈拥抱告别。

叶尔勒的爸爸搀扶着阿米娜的爸爸送到车门口。阿米娜已经拉开了车门，爸爸身子不听使唤，总往下滑。王叔叔过来搭了把手，才将阿米娜的爸爸安顿到后座上。阿米娜的妈妈从另一侧上了车，这样好照顾阿米娜的爸爸。

阿米娜看了一眼站在后面的叶尔勒，叶尔勒不知什么时候手里拿着一根棍子，不停地在地上划来划去。

叶尔勒一家挥手。

王叔叔降下车窗，伸出胳膊，向一家人挥手道别。

阿米娜坐在车里，轻轻抬起右手，向外面的人挥手，车里是黑的，车灯亮得看不清外面人的脸。车子后退一下，右转方向，驶入沉沉的黑夜里。

阿米娜挥手的姿势凝固了。此时，谁也不知道，有两条温热的小溪悄悄地流过了阿米娜的脸颊。阿米娜静静地目视前方，冥冥中感觉，自己不是踏上了回家的路，是去草原更深处的路。

去萨尔曼大阪

题 记

爷爷讲的这个故事，像天上的星星，照亮了叶尔勒的心。叶尔勒的心里有了对动物们的尊重和平等意识。

十一国庆节假期，叶尔勒拽着爷爷的胳膊，想去看叔叔家的哥哥巴哈提。上次见哥哥还是在去年暑假的时候。

巴哈提家住在萨尔曼大阪的村子里。从叶尔勒家去巴哈提家，如果走公路，要七八个小时，山路窄，弯道多，车子跑不起来。路上常有牛羊，跑快了，稍不留心就会碰到它们。

叶尔勒每次在路上遇到羊儿、牛儿和马儿的时候，都会跟它们对视一会儿。叶尔勒觉得它们的眼睛好看，它们的眼睛像是一眼泉，干净得很，一点杂质都没有。

草原上除了牧民，包括牛羊马在内的动物们，无一例外都是草原的主人。

早在九月初草原已经下过一场雪了，是那种细碎的小雪。叶尔勒喜欢大雪，越大越好。一场大雪过后，草原就是白色的，山也是白色的，连树枝也镶了一道白边。

不是所有的人都喜欢雪，尤其是大雪。叶尔勒的爸爸就不希望雪来得太早，雪晚到些日子，家里的牛羊可以在山上多吃十天半个月的草。

秋天，叶尔勒家已经打过牧草，将高高壮壮的牧草一捆一捆都捆起来，用卡车运回家，码放在院子一角。一个冬天，牛羊马都要靠牧草过冬。

下过两场雪后，草原上的草矮得不能再矮了。只要草不被雪完全覆盖，叶尔勒的爸爸就会把羊和牛放出去，赶到山上去。可要是雪太大、太深，牛羊只能在圈里喂养了。

今年，偏偏雪下得早。第二场雪是在九月底来的，那可真叫一个大。叶尔勒坐着校车回家时，感觉大鼻子校车还没有人步行得快。窗外的雪像妈妈的白色羊毛围巾一样，密密实实，挡在车窗外，什么都看不到。

叶尔勒心里却高兴得很，他希望快点到家，可以去玩儿雪。

说来也是奇怪得很，雪竟然在刚到家门时，停了。叶尔勒的爷爷站在院子门口，身上都是雪。叶尔勒下了校车，直扑进爷爷的怀里。爷爷问叶尔勒冷不冷。叶尔勒握住爷爷的手。“哦，热乎着呢。”爷爷说着，拉着叶尔勒往屋里走。

“爷爷，我想巴哈提哥哥了。”叶尔勒说。

“这么大的雪，没有车，怎么去?”爷爷摸着叶尔勒的手说。

“我们可以骑马走山路，去年，我们走过的。”叶尔勒说。

“放假老师没有布置作业?”妈妈端过盛有包尔萨克的盘子，放在桌子上说。

叶尔勒瞅一眼刚刚丢在椅子上的书包说：“我用一天时间写完作业，可以带我去吗?”这时候，叶尔勒的目光锁在爷爷脸上。他知道，只要爷爷表态了，妈妈是不会反对的。爸爸去县城参加护林员培训了，要一周后才能回来。

“那就先写作业。”爷爷说着，看一看窗外，希望明天天气暖和一点。

出发的早晨，叶尔勒的爷爷早早就从马厩里牵出了那匹已经八岁的马，爷爷叫它“王子”。刚开始，叶尔勒听爷爷这么叫它时，有点不高兴，它怎么就是王子呢？

“瞧它长得多英俊。”爷爷说，爷爷眼睛里全是王子。叶尔勒瞥一眼，他并不认为它是马里最英俊的那匹。草原这么大，马更是每家牧民都有，那些养马多的牧民，几十匹、上百匹的都有。过去叶尔勒参加赛马比赛，也见过不少漂亮的马。

妈妈拿出两袋冰糖、两块茯茶和两包塔尔米（哈萨克族一种传统食品，类似我们俗称的“小米”），这是两份礼物，让爷爷装上，一份捎给巴哈提家，去别人家做客，不能空手去，一份是爷爷送给阔别根老人的。爷爷把东西装进马背的袋子里，说要再穿件背心，毕竟六十多岁的人了，万一受凉，闹心的咳嗽就复发，真是烦人的老毛病。

妈妈看叶尔勒脸上的表情，知道他又有了心事，说：“你一岁的时候，爷爷去山里挖贝母，返回的路上，遇到大雨，路被洪水冲断了，是王子驮着扭了脚的爷爷，蹚过河水回家的。”

之前，爷爷从没有说起过这事。叶尔勒听了妈妈的话，再看看王子，它侧脸，忽闪着大眼睛，也瞅着叶尔勒。叶尔勒上前抬手摸了一下王子的脸颊，王子低着头，期待了很久的样子。

瞬间，叶尔勒觉得对不起王子，把脸贴过去。王子的脸热乎乎的，它温热的鼻息喷到叶尔勒的脸颊上，有一点点潮湿。

“嘿，你这是怎么了?”爷爷走过来问。

“爷爷，它真是我见过的草原上最漂亮的马。”叶尔勒边说边抚摸一下马头，似乎他是看着它长大的，眼神里流露出慈爱的神情。

“我们该走了，不能再耽误了。”爷爷说。

叶尔勒拽住缰绳，左脚踩住马镫，身子往上一提，右腿一跨，坐在了马背上。王子没动，静静等待爷爷上马。爷爷从叶尔勒手里接过缰绳，上马的动作飞快轻盈，似乎他不是一位六十多岁的老人，而是一个比叶尔勒稍大一点的少年。

“路上小心点。”叶尔勒的妈妈站在门口。

叶尔勒向妈妈挥了挥手。

“放心吧。”爷爷抱住叶尔勒，双腿在王子的身上使劲儿，王子接到了出发的命令，毫不犹豫地出了院门。

雪后，草原显得很安静。路上除了王子嗒嗒嗒的马蹄声，再也听不到什么响声。风迎面扑过来，满是深深的凉意。这不算什么，还没有进入真正的冬天，狂野的寒风还没有来。叶尔勒熟悉草原上的风，并不惧怕。

“爷爷，给我讲个故事吧。”叶尔勒说，“王子也想听故事了。”

“好吧，给你和王子讲我小时候的一件事。我差不多跟你一样大的年纪，有一年秋天，好像是比现在早那么几天，具体时间记不清楚了。我跟我的爸爸进山了，那时候牧民们许多人都有猎枪，草原上有狐狸，有狼，有野猪，也有棕熊，常会发生危险。”

“它们会吃人，是吗？”叶尔勒问。

爷爷说：“听说有熊瞎子伤人的事，可我没有亲眼见过。不过狼袭击羊圈的事倒是见过。那年草原上大旱，许多羊没草吃，牧民只能去外面买草回来。”

“狼是吃了牧民家的羊吗？”叶尔勒回头看一眼爷爷。

“狼进了巴图的羊圈。巴图大声喊，狼来了，狼来了。邻居们听到声音后，都赶去援助。等我去的时候，狼已经不见了，羊圈里死伤了七八只羊。”

“狼把羊都吃了吗？”叶尔勒问。

爷爷接着讲道：“不，狼喜欢吃羊的内脏，并没有将整只羊都吃光。狼的体格比羊大，可肚子就那么大，是装不下几只羊的。一次，我跟着我的爸爸去天蓬沟，看望部落里一个没有儿女的老人。走得累了，我们在一块青石处下马休息，四周是半人高的酸刺梅。我的爸爸患有气管炎，爱咳嗽。我们刚坐在青石上，不一会儿，就听到不远处有声音。我的爸爸手里握着猎枪，警觉起来，四处察看。在离我们二百多米远的地方，有一头成年棕熊，至少有一米高的样子，十分健壮，一看就是力气大的家伙。棕熊通常是单独行动，没有独立生活的幼年棕熊会跟着妈妈一起生活。棕熊像是听到了我们的声音，挪着步子朝我们而来。当时我心里十分害怕，那么大的棕熊要是扑过来，我和爸爸就有危险了。我看到棕熊不时往后回望，看来，还有另外一只棕熊，这样更不能轻易行动。爸爸手里握着猎枪，观察着棕熊的动向，并没有急着开枪。果不其然，尾随其后的是一头稍小点的棕熊。小棕熊一看就很顽皮，它在一个矮树桩旁停下来，将身子贴在树桩上摩擦。我看着好笑，别看这棕熊笨头笨脑的，还知道给自己挠痒痒，说明它挺聪明，并非人们想得那么蠢笨。之前，我见过棕熊，但比这个距离要远，这样的场景还是第一次。我就像小棕熊一样喜欢贪玩，所以爱玩是天性。此时忽然有人喊：‘有狼！’爸爸警觉起来，在牧民们的印象里，狼比棕熊更让人讨厌。草原常发生狼吃羊的事情，却不曾发生棕熊吃羊的事情。看来这附近还有其他人。爸爸直起身子，站在青石上，四下看了一圈。斜对面，有两个人影，一高一矮。没等爸爸向对面的人打招呼，就听到了一声枪响。我把身子缩起来，不敢再看了。‘按说，狼一旦听到枪声会逃跑的，它为什么没有逃跑呢？难道是一只受伤的狼？’爸爸嘀咕着。灌木丛中一阵响动，一只灰色的狼出现在视野里，狼肚子上的皮耷拉着，后面一条腿没有着地。不用说，就是因为这条腿，它没有逃跑；也是因为这条腿，它大概好几天都没有进食，才饿得骨瘦如柴。我有点害怕了，说：‘爸爸开枪吧。’‘嘘！只要它不袭击我们，就不能开枪，它受伤了。’爸爸对我小声说。我有点惊讶地看着爸爸，想不通他怎么会同情一只狼。话音没落，枪声响了，且不止一声。此刻，斜对面的人开了枪。爸爸闭着眼睛，咬着嘴唇，听着枪响，像是开枪的人是他自己。我看得出，爸爸为打死那只受伤的狼而难过。重新上路后，我问爸爸：‘为什么会同情那只狼？’爸爸说：‘狼并没有袭击人，为什么要伤害它？况且它受伤了，那样对它不公平。’我第一次听说，在狼面前讲‘公平’二字。”

叶尔勒听着，看一眼延伸到山里的路，低垂着头，过了一会儿说：“爷爷，我长大了也想当护林员，跟爸爸一样保护草原，保护草原上和山里的动物。”

“这个想法太好了，眼下你得好好上学。现在山里都安装了监控，除了日常的巡山，还要借助仪器来观察动物的变化情况。你要是没有文化，是不行的。”爷爷说着，提了一下缰绳，冲王子说：“跑快点。”

爷爷讲的这个故事，像天上的星星，照亮了叶尔勒的心。叶尔勒的心里有了对动物们的尊重和平等意识。过去，他没有想过这样的问题。他想好了，等到了巴哈提哥哥家，一定把这个故事讲给他听。

路过阔别根老人的家时，爷爷下了马，叶尔勒也下了马。

爷爷从马背的背包里掏出一块茯茶、一包塔尔米和一袋冰糖。阔别根老人要留叶尔勒的爷爷喝奶茶，叶尔勒凑到阔别根老人的耳朵边大声说：“下次喝，得赶路。”

阔别根老人一脸失望，默不作声地坐在炕沿上。

叶尔勒并不知道老人为什么在年轻的时候没有结婚，一个人实在是太孤独了。

一路上都是马蹄声，叶尔勒还是想问爷爷那个跟了他一路的问题：“阔别根爷爷为什么没有成家？”

叶尔勒的爷爷说：“每个人都有选择自己人生道路的权利，阔别根老人把自己当成草原的儿子，大山的儿子，他[illegible]康长寿，就是幸福的事。”

“听说县里建有养老院，阔别[illegible]老人可以免费在那里养[illegible]一下。

老。”叶尔勒边说边往[illegible]不想离开，养老院好，可比不上草原

“人在哪[illegible]，在草原上静静地坐坐，晒晒太阳，发发呆

自[illegible]

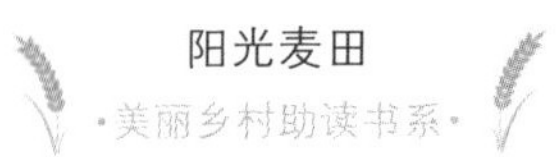

“可，总有一天，动弹不了怎么办？”叶尔勒的语气中流露出伤感。

“你忘记了，村头的那个活了一百〇五岁的斯里汗奶奶也没有儿女，村里人轮着去帮着提水、收拾房子、洗衣服，连三顿饭都送去了。”爷爷说着，缰绳往里收了一下，王子的速度放慢了。

“想起来了，我还给斯里汗奶奶送过妈妈做的纳仁（新疆的一种美食，也叫手抓羊肉面或手抓肉）呢，奶奶还给了我两块桃酥。”叶尔勒说，“村里人都把斯里汗奶奶当作自己的奶奶来照顾。”

叶尔勒记得斯里汗奶奶家有一只花猫，总习惯窝在斯里汗奶奶的怀里，吃饭的时候都不肯下来。送纳仁的时候，叶尔勒想抱一下花猫，可花猫从斯里汗奶奶右侧逃跑了，根本不买叶尔勒的账，叶尔勒觉[illegible]趣。斯里汗奶奶看出来了，从桌子上的点心盘里拿了两块桃酥说：

[illegible]吧。”

“对呀，我们哈萨克族[illegible]个部落的人，只要生活有困难，都会伸手相助。”爷爷说，[illegible]不能饿肚子。”

说话间，王子翻过了最高的山岭。[illegible]

叶尔勒扣住外衣的第一颗扣子。风太厉[illegible]来。

爷

爷咳嗽起来，连续好几下。爷爷急促地咳嗽让叶尔勒心里有点不安，说：“爷爷，风大了，不会受凉吧。”

“这个季节就是风撒野的时候，不碍事，过了萨尔曼桥就不远了。”爷爷话音刚落，咳嗽又接上了。叶尔勒听到爷爷嗓子里有什么东西，拼命撕扯着爷爷的喉咙。

“爷爷，我们找地方休息一会儿，风小点再走。”叶尔勒说着，回头看到爷爷脸上乌黑乌黑的。

王子似乎感觉到不祥，放慢速度，一个劲儿侧脸望着爷爷，前蹄敲击地面的声音重了，响了。爷爷急忙回拽缰绳，王子站住了。不远处萨尔曼桥中间断开了。可河水平稳、安静、清澈，并没有发生山洪的迹象。

萨尔曼桥是座木桥，谷得下小车通行。一路上并没有遇到小车，甚至没有听到小车的声音，那么这桥怎么就断了呢？

爷爷下马，站在桥边仔细察看了一番，桥面断裂口参差不齐，像是外力造成的。可河里并没有见到巨石或其他庞大的东西。爷爷很纳闷，看了半天，不停摇头。

“看来，只能返回了，桥断了，没法过河。”爷爷说这话时，叶尔勒已经做好了返回的准备，他不再渴望见到哥哥了，他担心起爷爷的身体，咳嗽得厉害，不是好兆头，爷爷的脸色也不好看。

“爷爷，我给您唱首歌吧，我新学的。”叶尔勒对爷爷说。

“说说歌名，我好记住它。”爷爷重新上了马，叶尔勒乖巧地坐在前面。

“爷爷，我想不起歌名了。”叶尔勒摸着右耳垂说。

“那就唱吧，歌词总记得住吧。”爷爷将叶尔勒拢进怀里说。

“糟糕透了，对不起。”叶尔勒垂着脑袋。

“孩子，不要责备自己，说不定一会儿又想起来了。”爷爷说完，捂住了嘴巴，咳嗽又来了。

马蹄声裹在风里，如歌手在歌唱，节奏和气息都把控得很好。只是叶尔勒心里有点发急，想快一点，再快一点。他不时催促王子。王子也奋力奔跑着，吓跑了路边溜达的山鸡。

风的脾气没人能掌控。离家两三公里的时候，风停了，像它从来没有来过一样。

等到了院门口，爷爷连说话的力气都没有了。叶尔勒下马接过爷爷手里的缰绳，将马拴在马厩里，转身跑回来搀扶爷爷。爷爷则像个孩子，手搭在叶尔勒的肩膀上，叶尔勒成了爷爷的拐杖，两人缓步向屋子走去。

奔跑的冬不拉

题记

“我看到许多冬不拉在草原上奔跑，风在弹奏它们，”叶尔勒说，“曲调我不熟悉，这是风喜欢听的那种曲子。”

叶尔勒的爷爷早先是萨尔曼草原上有名的阿肯（哈萨克族对歌手的称谓，被尊为“阿肯”的人，应该是歌手中的优秀者），深受牧民们的尊敬。每年草原上举办阿肯大会时，再远的牧民都会骑着马，身着漂亮的民族服装参加。牧民们常常是全家出动，这是草原最热闹的时候。

今年阿肯大会的消息早被马蹄声带到各家各户了。

叶尔勒放学后，家里没人，丢下书包，顺手拿起墙角的拐杖就飞奔出院子了。后山，爷爷正牵着王子下山。

“爷爷，带我去参加阿肯大会吧。”叶尔勒边说边接过爷爷手里的缰绳。

“作业多不多？”爷爷问。

“预习新课外，读两篇课外阅读篇目。”叶尔勒的话王子似乎听懂了，王子有点兴奋，往叶尔勒身边靠了一下。叶尔勒抚摸了王子的面颊。

“还记得上次去阿肯大会的事吗？”爷爷问。

“别提了，”叶尔勒有点不好意思地说，“肚子真不争气，走了一半，闹腾了好几次，无奈爸爸掉头送我去医院，一化验，急性肠炎，老老实实在医院待了三天，等出院，阿肯大会结束了。”

“再想想更早的阿肯大会。”爷爷继续问，似乎要帮助叶尔勒把藏在脑袋里有关阿肯的记忆一点点刨出来。

“那时候，我吃妈妈的奶呢，”叶尔勒说，“啥都没有记住。爷爷，给我讲讲关于阿肯大会的事情吧，现在我读书了，不是过去那个动不动就闹肚子的小孩子了。”

“难道一点记忆都没有了吗?”爷爷有点不甘心地问。

“我看到许多冬不拉在草原上奔跑，风在弹奏它们，”叶尔勒说，“曲调我不熟悉，这是风喜欢听的那种曲子。”

“这是真的吗?”爷爷不敢相信自己的耳朵，想再次得到确认。他这么大年纪了，可从来没有听说冬不拉由风弹奏出乐曲来，更没有想到冬不拉会奔跑，这不是牛儿、羊儿、马儿，有蹄子才能跑。冬不拉不可能长出一双蹄子来的。

“我知道说什么你们大人都不会相信的，可我为什么要骗人呢?”叶尔勒说。

“那你说说后来这些奔跑的冬不拉怎么样了。”爷爷笑着问。

“黄风，被一股拔地而起的黄色旋风卷走了。”叶尔勒说，“那是我见过的最厉害的旋风了，连路旁的树都连根拔起来了。幸好我离它有段距离，不然早都不见了呢。”

“原来是这样呀。”爷爷似乎对这个结果是满意的。

“爷爷，给我说说阿肯是怎么来的吧。”叶尔勒有点心急的样子。

“阿肯弹唱会跟一个美丽的故事有关。传说，草原上有一个比花儿还美丽的姑娘，只要她一歌唱，能让南飞的鸟儿停下来，安静地听她唱歌。姑娘的歌声是一把无形的钩子，草原上的小伙子们都来了。长得漂亮就够让人动心了，歌唱得还那么动听，小伙子们都很喜欢姑娘。姑娘的父亲说，谁能找到会唱歌的树，就把姑娘嫁给谁。”

“会唱歌的树?”叶尔勒说，“太神奇了。”

“你猜猜能找到吗?”爷爷一脸神秘地问。

“世上无难事，只怕有心人。”爷爷放慢语速说，“有一个小伙子砍下门前的一棵树，做了一把长瓢形的便于携带的乐器，骑马赶到姑娘家，弹起了琴。悠扬的琴声俘获了姑娘的芳心，也赢得了姑娘父亲的欢心。姑娘的父亲就把姑娘嫁给了聪明的小伙子。这把乐器就是‘冬不拉’，意思就是‘会唱歌的树’。”

“有了冬不拉，草原上就有了歌声，”叶尔勒说，“才有了阿肯大会。”

“你脑瓜子真好使。”爷爷说，“阿肯阿依特斯，就是‘诗人的对唱’，已经有一千多年的历史了，草原上凡是喜庆节日都要举行隆重的阿肯弹唱。”

“您也会吧?”叶尔勒期待的目光投向爷爷泛着红光的脸庞。

“那都是过去的事情了。”爷爷说，“阿肯不仅要会弹奏冬不拉，脑袋瓜得敏捷，还得有渊博的知识，口才一流，会创作，想出彩还得有极高的即兴表演能力才行呢。”

爷爷说的时候眉毛都在跳舞，变得调皮了，忽高忽低，眼睛亮闪闪，像是年轻了二三十岁。

“爷爷，我都等不及了。”叶尔勒说着，回头朝着王子又说：“过会儿多吃点，跑快点，希望早点到阿勒玛斯山。”

爷爷说：“在哈萨克族的历史上，哈萨克族的思想家、教育家、艺术家等大多都是阿肯。”

叶尔勒和爷爷骑着王子抵达阿勒玛斯时，已经来了不少人，男女老少都有。有的人家已经扎起毡房，也有的年轻人支起了彩色的旅行帐篷，很抢眼。

叶尔勒遇到了迪娜，迪娜的妈妈要参加比赛。这让叶尔勒感到意外，之前没听过迪娜的妈妈弹唱。这下真是要大开眼界了。

“你打算以后也当一名阿肯吗?”叶尔勒问迪娜。她怀里抱着一个小熊玩偶。

“妈妈说阿肯是历史的传承者。”迪娜说，“一首歌、一首诗、一段格言，便是一段历史。我成绩一般般，担不起这么大的责任。”

“我们才上四年级，”叶尔勒说，“学什么都来得及，要有信心。”

比赛开始了。

迪娜的妈妈穿着一身蓝色的裙子，抱着冬不拉上场了。随着悠扬的琴声，歌声飞向天空：

蓝天上，飞着朵朵白云，

大地上，飘着阵阵歌声。

乘着这歌声的翅膀，朋友们请随我前往。

去到那祖国的边疆——世间最美的地方。

叶尔勒和迪娜站在前面，使劲鼓掌。迪娜的妈妈投来温暖的目光。

“你妈妈唱得真好。”叶尔勒说。他的目光一直在舞台上，生怕一离开会错过什么精彩。

“妈妈在家里从来不唱的，但会看书。”迪娜说，“从谚语、格言、诗歌等文艺作品中汲取精华，才能当一名好阿肯。这是妈妈的心愿。”

“这真是了不起的心愿。”叶尔勒说，“希望你将来也成为一名阿肯。”

“妈妈常说哈萨克族的翅膀是奔马与音乐。”迪娜说，“我一唱歌就跑调不说，上场就紧张，音乐的事干不了，但我喜欢听。”

叶尔勒说：“马儿和歌儿，我们生活中真是离不开这两样。现在许多人家有了摩托车、小轿车、面包车、货车，可还是有人喜欢骑马，四五岁的孩子骑不了摩托车，可骑马没问题，这是草原上的孩子天生的本领。歌儿真是要看天赋了。”

“快看。”迪娜说，“苏烈对唱开始了。”

“苏烈，快讲讲。”叶尔勒说着从上衣口袋里掏出两块橘子糖塞到迪娜手里。

“土烈对唱是初级的对唱，是基本功，要掌握赋歌的本领，”迪娜说，“苏烈对唱则是一种高级的对唱，能对唱的都是成熟的阿肯。”

“没想到呀，”叶尔勒说，“你懂这么多呢。”

“妈妈过去讲过，我就记住了。”迪娜说，“这很好理解，就如同我们现在上小学，以后上中学，是基础教育，等到上大学接受的就是高等教育。”

爷爷去跟熟人说话回来了，从口袋里掏出一瓶可乐，对叶尔勒说：“给你的。”

“爷爷好。”迪娜礼貌地问候了一声。

“好孩子，一个人来的吗？”爷爷问迪娜。

“和妈妈一起来的。”迪娜边说边看了一眼叶尔勒。

“给你喝吧，”叶尔勒把手里的可乐递给迪娜说，“我不渴。”

这时候，叶尔勒的爷爷又从左边口袋掏出一瓶矿泉水说：“那你喝这瓶吧。”

“爷爷你喝，”叶尔勒说，“我真不渴，您的那位朋友也参加演出吗？”

“瞧，这记性，”爷爷说，“泰克拜来了，压轴出场。”

“我要去找妈妈了。”迪娜说，眼睛朝舞台那边张望着。

“要我陪你吗？”叶尔勒不假思索地问。

“好好陪爷爷看演出吧。”迪娜说，“爷爷，回头见。”

台上的女阿肯唱道："阿肯是世界上的夜莺。"

男阿肯轻松应对道："冬不拉是人间的骏马。"

女阿肯唱道："歌声伴你躺进摇篮。"

男阿肯唱道："歌声送你离开人间。"

男女两个阿肯触景生情，出口成章，对唱如海浪，一浪赶着一浪。台下，掌声此起彼伏。叶尔勒觉得耳朵不够用，许多唱词还没有准确转换成信息被接受，下一句追着就来了。阿肯将那些唱词早都存储在脑袋里，需要的时候随时提取。

"爷爷，阿肯的唱词都是背下来的吗？"叶尔勒仰头看着爷爷问。

"傻孩子，阿肯对歌双方实际是斗智、斗勇、斗才、斗谋。"爷爷说，"死记硬背是参加不了比赛的。"

"这么说，阿肯是智慧的化身。"叶尔勒抹了一下前额，似乎这句话是从脑门蹦出来的，不是从嘴巴里跳出来的。

"你悟性真好。"爷爷夸赞道，"也有人说，阿肯是诗歌才艺的较量，你要好好学习文化，多读书。"

"爷爷，对唱中，要是对方言辞激烈，恼怒发火了怎么办？"

叶尔勒问。

“有经验的阿肯是不会发生这样的事情的。”爷爷说，“对唱一开始，想胜利的阿肯就要力争压制对手，丝毫不能谦让，要发挥聪明才智，用能言善辩战胜对方。”

“爷爷，之前您取得过几次阿肯比赛的胜利呢？”叶尔勒问的时候，爷爷始终关注着舞台的演出。

“那都是过去的事情了。”爷爷神情很淡定，一点也没有想炫耀过去的意思。

“爷爷，对唱失败了那多丢人呀！”叶尔勒说，“对我来说真有点受不了这样的结果。”

“孩子，别这样想，”爷爷说，“失败者是‘敢于搏击风雨的雄鹰’‘敢进沙漠的骆驼’。失败了也不要灰心，要敢于面对，想想为什么失败，该怎么取得下一次的胜利。”

“但，但有时候，”叶尔勒说，“一次失败就让人振作不起来了。”

爷爷说：“孩子，对我这样的老人来说，剩下的生命很短暂；可对你来说，才刚刚开始，还有漫长的路要走。刚才看到了吧，败阵的阿肯给得胜的阿肯赠送毛巾，这是虚心求教。往后，你要是也失败了，不要轻易放弃，要敢于面对失败，那句话怎么说来着?”

爷爷有点急了，抬手揉了一下太阳穴说：“老了，记忆力真是不行了，到嘴边的话就是说不上来，不中用了，真是不中用了。”

“在哪里跌倒就在哪里爬起来，”叶尔勒说，“是这句话吗?”

“对，对，”爷爷说，“就是这句话。我说过你就记住了，真是好孩子。”

“看，爷爷，您的朋友泰克拜上场了。”叶尔勒激动地说，手指向舞台。

“哦，好好听，”爷爷说，“他嗓音可好了。”

每一个民族都有自己的风尚，
诗和马是哈萨克人的一对翅膀。
诗歌寄托着我们的生活理想，
跨上马鞍高兴得想拥抱太阳。
我们用诗竖起毡房和栅墙，
又和着诗的节拍架起天窗。

我们迎着诗走完人生的路程，

又随着送葬曲一步步走向灵床。

“这是我听过最好听的歌声了。”叶尔勒说，手里的拐杖猛地在地上戳了几次。

“阿肯活不到千岁，”爷爷说，“可他的歌却能流传千年，一代一代传下去，一代人一代人接着听，永远都不会丢失，成为我们灵魂的一部分。”

这时候，迪娜手捧着一束花走在前面，一个穿着白衬衣的中年男人走上去，跟阿肯握手、拥抱。一个身穿红色裙子的姑娘端着一个盘子过来，白衬衣男人给阿肯献上长袷袢。

掌声再次响起。

一只灰蓝山雀悄无声息地立在叶尔勒的拐杖上，一点不胆怯，用机敏的眼神打量着叶尔勒。叶尔勒的注意力却在舞台上，叶尔勒的目光锁定在老阿肯泰克拜身上，那金色的阳光点亮了冬不拉的琴弦，也将老阿肯泰克拜的眉毛染成金色。

返回的路上，叶尔勒的爷爷要跟着泰克拜一起去庆祝，叶尔勒独自骑着王子往回走。下山时，握在左手的拐杖不慎掉了。

王子飞驰如电，根本停不下来。

拐杖没有绊倒王子，变魔术似的，变出了一排栅栏。让叶尔勒新奇的是，那排栅栏始终奔跑在王子的前面。更令人意想不到的是，栅栏竟然发出冬不拉的声音，音色优美，似乎是阿肯大会的下半场，观众是叶尔勒和王子。

叶尔勒没有大惊小怪，身子微微向前倾斜着，跟着奔跑的栅栏向前，冬不拉的乐声在整个草原的天空飘荡着。

那只灰蓝山雀不知什么时候落在了叶尔勒的右肩上，扯着嗓子叫着。叶尔勒将缰绳在王子的头上甩了两下，王子猛地往前蹿出去。叶尔勒的身体在王子背上前后晃动着，灰蓝山雀惊慌地飞向天空，向远方飞去。

温暖的冬天

题记

叶尔勒看着房顶，觉得牛羊们都在流泪，他忍不住也开始流泪了。刚开始是抽泣，过了一会儿，竟然哭出了声音，越哭越难过，声音也越来越大了。

雪下了三天三夜，萨尔曼草原也睡了三天三夜。

叶尔勒趴在窗户上看外面的雪，希望快点停下来。

叶尔勒看了一下墙上的日历，今天是12月22日，再过几天，这一年就过去了。他希望这一年多停留一下，自己还有许多事情没有做完。

昨天早晨爸爸打开窗户，从窗户跳出去，白花花的雪没过了爸爸的膝盖。叶尔勒跟着爸爸跳下窗台。妈妈在后面喊："小心受凉。"

"他是男子汉，不是雏鸟。"爸爸说着，丢了手里的烟，顺手拿过立在门口的铁锨，铲门口的雪。前天铲过的地方，又被雪不声不响地填满了。

叶尔勒拿起一把小铲子，这是广明的爸爸从市场上买回来的，专门给叶尔勒用。大铁锨比叶尔勒高许多，他根本拿不稳。

叶尔勒喜欢这把铁锨，当宝贝一样。铲煤，铲土，铲王子的粪便都用它。

一次，木拉力看上了这把铁锨，想要拿回去用几天。叶尔勒说，你拿走它，等于断了我的一条腿。木拉力生气了，好几天都不来找叶尔勒玩儿。

叶尔勒心里有点郁闷，也想不通，为什么白白要人家喜欢的东西呢？

可木拉力是他的好朋友，也是班里跟他玩得好的男生，好朋友不是要分享吗？想到这里，叶尔勒跑到木拉力家对他说，我可以借给你一周。

木拉力噘着嘴说："没见过你这么小气的好朋友。"

叶尔勒看着一脸不高兴的木拉力，竟然找不到恰当的词回应，舌头在口腔里来回转动，也没能化解他当时的尴尬和窘迫。

黑虎不知道什么时候追过来了，在叶尔勒身边绕过来绕过去，不时抬头看一眼叶尔勒，很着急的样子。

这时木拉力的爸爸从屋里出来了，看到两个少年僵持在院子里，问怎么回事。木拉力看着叶尔勒手里的小铲子，吞吞吐吐地说出了自己的想法。

木拉力的爸爸将木拉力拉到身边说："孩子，别人的东西再好都不能拿，你喜欢，我给你买一把。"

"真的？"木拉力一脸惊喜地看着爸爸。

木拉力的爸爸拉起叶尔勒的小手说："你的心意我们领了，快点回去吧，黑虎都等急了。"

叶尔勒看一眼木拉力，木拉力说："下午找你去玩儿。"

听到"玩儿"，叶尔勒想起了广明。暑假的时候广明到草原来玩儿，在月亮潭见过一面。广明送给他的奥特曼还在家里呢。他一直想着广明。

冬天的草原好玩儿着呢，要是广明能来就好了，叶尔勒这么想着。天一点点暗下来了，看样子是要下雪了。

九月份的时候下过一场雪，下了一夜，第二天早晨才停。太阳慢悠悠出来了，山坡阳面的雪，渐渐钻进草里、土里、石头缝里，钻进树叶里去了。雪是水的孪生兄弟，草和树木都喜欢雪。

阴面的雪都很乖，还据守在原地，白莹莹的。叶尔勒去赶羊的时候，羊儿们会吃几口，叶尔勒也会吃几口。王子打了个响鼻，貌似不太高兴了，不等叶尔勒转身，就把头伸进雪里，张开大大的嘴巴，痛快地吃了几口雪。叶尔勒抚摸一下王子的背，说：“好了，好了，我馋干脆面了，快带我回家吧。”

王子听懂了叶尔勒的话，走到他身边，低下头，等候他上马。它与他有种天然的默契。

冬天不下雪是说不过去的。不下雪，来年就是大旱之年。草原没有草，动物们就没吃的，会饿得越来越瘦，牧民只能去外面买牧草给它们吃。但通常买来的牧草都价格贵，还不是草原牛羊喜欢吃的草。这就好比牧民们喜欢吃馕、吃抓饭、吃纳仁、吃包尔萨克，你非要端上来其他吃食，不是不能吃，但不是牧民喜欢的食物，吃起来没食欲，心情也不愉快。对草原上的牛羊来说也是一个道理。

更有意思的是，雪达到一定厚度，就可以去滑雪，当然叶尔勒是跟小伙伴们偷偷去的。三四个小伙伴一起，爬上缓坡，坐在雪地里，后面的人抱着前面人的腰部，一个接一个，第一个会发出指令："出发！"

风推着他们，一路飞驰。那一瞬间，叶尔勒觉得他会一直飞翔下去，飞出萨尔曼草原，飞到酒泉，飞到北京，飞到更远的地方去，那里有一个更广阔的世界等待他和他的伙伴们。

去远方始终是叶尔勒的梦想。

整个十月、十一月都没有下雪，这下可愁坏了叶尔勒的爷爷、爸爸和妈妈。当然并不是说，其他牧民们就不发愁了，只是听到爷爷的叹息声，叶尔勒心里就很难受。爷爷的叹息声在晚上听得更清晰。

爸爸和妈妈关了灯，说了一会儿话，叶尔勒都听到了。

妈妈说："这都两个月了，一点雪都不见。"

爸爸说："谁说不是呢，该不会像十年前那个冬天吧。"

“马上进入产羔季，我担心怎么过冬呢。”妈妈说。

“那样的话，真是要受罪了。”爸爸长叹一声说。

叶尔勒眼睛睁得好大，眼珠盯着房顶，似乎房顶都是羊群和牛群，它们都瞅着叶尔勒呢。牛羊们的眼睛里都是问号，问他怎么不下雪呢？什么时候下雪呢？问得叶尔勒心里发急，一点睡意也没有了。他知道爸爸妈妈说话的内容意味着什么。进入冬季，怀有羊宝宝的羊妈妈陆续要生产了。下了雪，草原像是盖了一床棉被，牧草不会冻伤。等春天来了，雪融化后，牧草开心地发芽，快乐地长大。这样一来，羊羔、牛犊就可以吃到鲜嫩的牧草了。

叶尔勒还没有遇到冬天不下雪的情况，可从爸爸妈妈的对话中，他知道曾经发生过，整个冬天没有来过一场雪。那年的春天，死了许多的牲畜，实在是太旱了。牧草可以从外面买回来，可没有雪，河里的水少得可怜，那么多的牛羊，饮水就成大问题了。

后来，叶尔勒听爸爸说，牧民不得不把牛羊卖了，这样损失很大。

许多上了年纪的老人，都去山上祈福，叶尔勒的爷爷原本也想去的，可关节炎又犯了，腿痛得走不了路。

叶尔勒看着房顶，觉得牛羊们都在流泪，他忍不住也开始流泪了。刚开始是抽泣，过了一会儿，竟然哭出了声音，越哭越难过，声音也越来越大了。

妈妈披着外套走进叶尔勒的房间，打开床头的台灯，摸了一下他的脸颊说："孩子，怎么了?"

叶尔勒抓住妈妈的手说："要是不下雪怎么办呢?"

妈妈侧身坐在床沿，握着叶尔勒的手说："天气预报说，今晚就会降雪，安心睡吧，明天早晨起来看看。"说着，妈妈将叶尔勒的手放进被子里，又掖了一下被子。

叶尔勒安静下来，渐渐睡着了。睡梦中，他觉得浑身的细胞都变成了雪花，纷纷扬扬飞舞在空中，顽皮得跟孩子们一样，玩儿够了，玩儿累了，落在草原上，没了力气，酣睡起来。

"爸爸，下雪了吗?"早晨，叶尔勒鞋带都没系就急慌慌从屋里跑出来了。

爸爸盘着腿，坐在炕桌前喝茶，茶冒着热气，热气慢慢悠悠在屋里弥漫着，一点都不像叶尔勒这么慌张。

"下了一夜的雪呢。"爸爸说，给叶尔勒也倒了一碗茶。

可叶尔勒哪里有心思喝茶，跑去推门，使劲儿推了几下都没推开。

“爸爸，门推不开了。”叶尔勒喊了一声。

“孩子，不急，吃完早饭，你爸爸就会铲雪的。”妈妈端着装着馕的盘子从厨房出来。

“至少可以推开一条缝隙吧。雪真是太厉害了，没想到它的劲儿这么大呢。”叶尔勒转身回到里屋，挨着爸爸坐下。

爸爸把茶碗推到叶尔勒面前：“先吃馕，吃饱了，我们一起去铲雪。铲条路出来，好给草莓添加些饲料。”

草莓是一头母牛，全身红里透着黄，像极了山里的野草莓。草莓肚子很大，快要生产了，不能饿着它。

“妈妈，我少吃一点馕，把节约下来的馕给草莓吃，希望草莓生个健康的宝宝。”叶尔勒说着掰了一小块馕，把剩下的放进盘子里。

“我会给草莓添加一些油渣饼。”妈妈说着，给爸爸的碗里又续了清茶。

“得再提几桶炭了。”妈妈说着瞅一眼窗外，雪不知疲倦地下着。

“妈妈，过会儿我去提。”叶尔勒也望向窗外。他从心里没有怕过雪，雪再大，也被踩在脚底下，何况人有腿，想去哪里都可以。雪就不一样了，雪进到呼尔河里，什么也看不到了。每次想到这里，叶尔勒就有种说不出的滋味，不知道雪会不会痛。他清晰地记得，一次掉进河里，灌了一肚子的水，要不是手里的拐杖，真不知道能不能上岸，现在想来，都有点害怕。

爸爸打开窗户，雪裹着风急慌慌冲进来了，它们似乎饿得不行了，闻到了馕的香味，想咬几口馕，填饱干瘪的肚子。

墙上的日历被吹得“哗哗”响，似乎在说，讨厌的家伙，干吗这么粗野，就不能轻一点、慢一点吗?

爸爸先跳出窗户，雪没过了爸爸的膝盖。这样的雪在草原是常见的，并不会吓到叶尔勒。只是，爸爸不让他这个时候从窗户跳下来。

叶尔勒想跟爸爸一起铲雪，他是男子汉，爸爸能干的事情，他也能干。可爸爸的脾气他是知道的，只好趴在窗户前看着。叶尔勒看着爸爸用力铲雪的样子，就觉得手发痒。

不大一会儿，爸爸就把堵在房门口的雪清理完了，向院子延伸出去一条椅子宽的小路。

叶尔勒提起黑色胶皮桶子，拿着那把广明爸爸送给他的小铲子向屋后的炭棚走去。

炭棚上是厚厚的雪，像是戴了顶白色的棉帽。叶尔勒笑了，心想，炭是不会怕冷的，它能发光发热，是给人们带来温暖的使者。

炭都是爸爸砸好的，拳头大小。胶皮桶子比铁皮桶小，很快就装满了。叶尔勒正要转身回屋里去，听到了草莓的叫声。他放下桶子，向牛舍走去。

牛舍在炭棚的左边，是一栋比屋子矮一截的砖头砌成的房子，木门，窗户上横竖钉着两块巴掌大的板子。这里除了草莓，还有黑皮、眼镜和花衬衫。它们都是叶尔勒家的牛，不同的是草莓是待产的妈妈，家里人格外关注。

爸爸已经给牛们添上了牧草。草莓被拴在靠窗户的食槽处，见叶尔勒进来了，草莓“哞哞”叫了两声。这是在和叶尔勒打招呼呢。夏天的时候，叶尔勒在夏牧场放过草莓，草莓熟悉叶尔勒的味道。牛和马都是很聪明的动物，能分辨不同人的气味。

叶尔勒摸了摸草莓的腿。草莓那粗壮有力的腿上的肌肉动了几下。叶尔勒安慰说："别怕，别怕，来看看你。三天没有见我，就不认识了吗？"草莓侧过脸，两个大眼睛看着叶尔勒，温和的目光落在叶尔勒的身上。草莓昂了一下头，重新把头伸进食槽里，开始吃爸爸撒在里面的油渣。油渣的香味很浓，草莓吃得很慢，样子很认真。草莓似乎不是在吃饭，是在做作业，不能有一点马虎。

眼镜是草莓的丈夫。它眼睛四周有一圈白，猛一看，像是戴了一副白框眼镜。叶尔勒班里的鲁苏就戴了一副白框眼镜，其他几个戴眼镜的同学，眼镜腿多是深色的。叶尔勒觉得把这头牛叫鲁苏不好，毕竟鲁苏是他的同学，用同学的名字叫一头牛，虽然不是恶意，但那是不尊重他。爸爸一直都教导叶尔勒要尊重人，也要尊重万物，敬畏自然。

草莓吃了两口油渣，又看了叶尔勒一眼，这次它挪动了一下蹄子，可脖子上拴着拇指粗的麻绳，让它不能再挪动。叶尔勒上前一步，伸手触及草莓的嘴唇。草莓伸出舌头舔了一下叶尔勒的手指，温热的气息从叶尔勒的指尖迅速向全身扩散开来。

叶尔勒想起广明爸爸曾送给他一盒拇指饼干，他给草莓喂过。那时候，草莓还没有怀孕，是在夏牧场的时候。草莓跟其他几头牛不同的是，它对叶尔勒格外温柔，这表现在它的肢体动作的轻缓，眼神的柔和。每次叶尔勒见了草莓都会跟它多待一会儿，多说一会儿话，说高兴的事情，也会说烦恼的事情。说来也很奇怪，草莓的耐心超出叶尔勒的想象。草莓原本吃着草，叶尔勒开始说话时，它就不吃草了，礼貌地站着，忽闪着双眼皮，专注地听着。

眼镜在一旁连叫了好几声，从声音能听出来，眼镜是在和草莓说话呢，可草莓当没有听见似的，只动了动耳朵，似乎以这样的方式告诉眼镜："没看见我在听叶尔勒说话吗，先不要打扰我，过会儿再说。"

叶尔勒瞄了一眼眼镜，又看见好几只大头蛾子在草莓身上飞来飞去，就挥动手里的拐杖帮着草莓驱赶蛾子。这些家伙太讨厌了。

大头蛾子暂时逃离了。叶尔勒对草莓说："我还得回去写作业，等我拿了小红花，回来告诉你，好好吃草吧。"

叶尔勒想解开草莓脖子上的绳子，可外面雪太大了，草原上是厚厚的积雪，草莓跑出去根本找不到吃的食物。

这时候，几只麻雀落在牛舍的窗户上，小脑袋冲着叶尔勒，还弱弱地叫着。这么大的雪，草莓、眼镜、花衬衫们有牧民们喂养，可这些麻雀日子就不好过了。平日里，它们可以找草丛里的草籽、小虫子，动物们吃剩下的残渣，可三天的大雪，这些东西都很难找到了。这么说，它们三天都没有吃东西了。

叶尔勒转身离开牛舍，提着炭桶子回到屋里，把炭倒进厨房炉子旁边的炭箱里。叶尔勒洗干净手，拿了半个馕，揉搓成细碎的馕渣，装在碗里，端出去站在门口，撒在刚扫干净的空地上。

第一把刚撒出去，院子里那棵大榆树上的麻雀、灰喜鹊、花喜鹊一下飞扑过来，有几十只，眨眼工夫就把馕渣消灭干净了。

叶尔勒又撒出去一把时，爸爸从屋旁的过道走过来，问他："干什么？"叶尔勒说："它们太饿了，喂点馕。"爸爸说："每种动物都有自己的生存本领，不用担心它们饿肚子，它们自己会想办法的。"

叶尔勒想不出来，白茫茫的世界，这些小可怜们到哪里觅食。

想到这里，他心里有点复杂，想想自己有温暖的屋子，有馕，有奶茶，有包尔萨克，而它们呢，先不说外面冷不冷，遇到大雪天真要挨饿，挨饿的滋味可不好受。

有一次，叶尔勒跟爸爸去化石山那边的一位亲戚家，回来的路上突降大雨，遇到山体滑坡，只能绕路返回。

山里一下雨就冷起来了。天黑了，叶尔勒饿得肚子叫个不停，感觉胃和肠子都撕扯起来，共同向他抗议：为什么不给口吃的东西。最要命的是，一遇冷，胃里就泛酸，那个难受劲儿，真是忘不了。从那以后，每次出门，叶尔勒都不忘在口袋里装点吃的东西，哪怕是几块水果糖，要紧的时候都管用呢。

“快进屋，小心受凉。”爸爸说着，进了屋里。

“我再陪它们一会儿就进去。”叶尔勒看着已经吃光馕渣的鸟儿们大部分都飞回了树上，还有七八只在地上不断扩大觅食圈，似乎抱着那么点希望，再找到一口吃的东西。它们不停地在地上啄食，也会伸着小脑袋，看一眼叶尔勒。

叶尔勒把手里的碗口朝鸟儿们亮了一下，示意一粒都没有了。他不知道鸟儿们是否明白他的意思。他说出来，它们又能听懂吗？

叶尔勒并不希望鸟儿们给他什么回应。不管是草莓，还是鸟儿们，叶尔勒都能从它们的一个眼神、一个动作和鸣叫声中感受到它们的心情。自己虽然不能为它们做什么，至少可以为它们祈祷，每天都能看到它们的样子。

最后几只鸟儿也飞离了院子，叶尔勒跟随鸟儿们的身影，目光停留在天空中时，发现蓝蓝的天空在向他微笑。

第二天，叶尔勒的妈妈说："草莓生了，生了一头健康的牛宝宝，跟草莓一样的颜色。"全家人都很开心。冬天，这些惊喜会不断降临到他们家的。

有了新生命的诞生，再冷的冬天在牧民心里都是温暖的。